Johan Jonsson

Under ekarna i Svanparken

© Johan Jonsson 2020
Förlag: BoD – Books on Demand, Stockholm, Sverige
Tryck: BoD – Books on Demand, Norderstedt, Tyskland
ISBN: 978-91-7851-916-3

Kapitel 1

Det var den 18 maj 2011. Sjuksköterskorna hade sprungit klart inne hos alla de inneboende på ålderdomshemmet Näckrosen i centrala Filipstad. Ett stilla lugn hade spridit sig i hela byggnaden. Det enda som hördes inne i Karls rum var det svaga surrandet från ventilationssystemet. Här hade han bott de senaste åtta åren och han trivdes nu för tiden faktiskt riktigt bra. Han kom bra överens med de flesta sjuksköterskorna. Det hände ganska ofta nuförtiden att det kom nya ansikten var och varannan vecka och så fort han började gilla någon lite extra så slutade hon. Men det är väl så tänkte han, unga tjejer som kanske har någon slags praktikplats här några veckor och sedan vips, så försvinner de. Kanske en del söker lyckan på annat håll, men vad visste väl han? Den enda sjuksköterskan som hade skött om honom i mer än ett år var Anneli. Det var henne han tyckte bäst om och hon hade varit hans sjuksyster i över tre år nu. Denna vecka hade hon varit sjuk och det var inte utan att han saknade henne. Hon visste hur han ville ha saker och ting och vad han hade för vanor. Många andra sjuksköterskor var aningen för hårdhänta, för slapphänta eller för slarviga, men inte Anneli. Hon var precis så som Karl tyckte att en sköterska skulle vara. Anneli var den enda som verkligen verkade bry som om honom. På riktigt. Om hon bara hade tid så brukade hon sätta sig ner och prata med honom. Hon brukade fråga om hur hans liv i yngre dagar hade varit, om hans jobb och uppväxt och hon verkade genuint intresserad. De brukade prata om allt möjligt, även om Anneli och hur hennes liv såg ut. Hon hade det tydligen inte så lätt. Karl hade fått veta att hennes sambo sedan fem år tillbaka hade varit otrogen med en arbetskamrat. Hon levde nu ensam och hade mer eller mindre ensam vårdnad om deras förståndshandikappade son. Pojken tog upp mestadels av hennes fritid och Karl hade förstått att ekonomin var ansträngd för den stackars sjuksköterskan. Pojken krävde extra vård och omsorg vilket en stor del fick betalas av Anneli själv.

Nu satt Karl som så många gånger tidigare, på köksstolen hemma på sitt äldreboende med sin dagbok på bordet och blyertspenna i handen. Det var dags för ännu några rader i den kära boken.

"Det har varit en fin kväll ikväll. Det är så härligt när det är ljust om kvällarna nu. Särskilt när det är klart väder. Alltid lika skönt att slippa de dunkla eftermiddagarna om vintern. Dagarna blir så långsamma då. Det var en ny sjuksköterska som väckte mig i morse. Jag tror det i alla fall, kände inte igen henne. Det var ju tisdag idag, så jag fick mannagrynsgröt till frukost. Tröttnar aldrig på det, vilket är tur det. Den där saftsoppan med ostfrallan blir jag inte mätt på. Inte ofta man får äta sig mätt nu för tiden. Portionerna blir allt mindre och sämre kvalitet på råvarorna är det med. Alla dessa sparkrav, antar jag. Hade jag varit rask i benen hade jag gått ner till ICA och handlat något själv, men benen bär mig inte längre. Första året jag bodde här gick det bra, men det går bara utför nu. Men jag får väl vara glad så länge jag kan skriva, för utan skrivandet vet jag inte vad jag hade gjort för att fördriva tiden med här. Inte för att jag vet vem som ska läsa alla mina dagböcker jag har skrivit genom åren. Men jag skriver inte för att andra ska läsa dem utan för mig själv. Jag mår bra av skrivandet, så jag tänker fortsätta med det så länge jag lever. Det blir ju ett tidsfördriv som gör att dagarna går lite fortare. Det har ju blivit några sidor nu. Det är väl sextio år sedan jag började tror jag. Tänkte jag skulle ta och skriva några rader idag med. Jag orkar inte skriva varje dag nu för tiden. Förresten finns det inte alltid något att skriva om, jag bor ju trots allt på ett ålderdomshem och hur mycket kan det hända här på en dag? Men jag gör väl som jag brukar göra, jag tänker tillbaka på svunna tider och skriver lite om det jag kommer ihåg. Idag har jag faktiskt en del att skriva om. Jag hade sådana livliga drömmar i natt! Jag drömde om den gången jag såg Anna för första gången."

Den gamle mannens blick sökte sig ut genom fönstret och bort över ängarna på andra sidan vägen. Tankarna for genom huvudet. Ett bra tag satt han så, ända tills han med stor möda reste på sig. Han fattade tag om sin gåstol och gick bort till den lilla klädkammaren borta vid hallen. Efter lite trixande lyckades han öppna dörren till klädkammaren och få in gåstolen i det trånga utrymmet. Han blickade upp mot en av hyllorna. Där stod det en brun gammal och sliten skokartong intryckt längst in. Han sträckte på armarna och fick tillslut tag på skokartongen. Några minuter senare satt han återigen på sin köksstol. På bordet bredvid sig hade han ställt skokartongen. Dess kanter var naggade och detta var långt ifrån första gången han tittade i den men det var länge sedan nu. Det var mörkt ute nu. Lite längre bort lyste ett par gatlampor. Karl lyfte av locket av papp och tog upp ett knippe med brev som hade en gummisnodd om sig. Han tog bort gummisnodden och började leta bland breven. Efter en stund gav han till ett flämt. Han hade hittat vad han sökte efter. Efter att han ha studerat breven en stund, återgick han till sin dagbok. Han fattade blyertspennan med sina darriga händer och började skriva.

"Jag kan inte sluta tänka på drömmen jag hade i natt, om Anna. Om oss två på tiden då det begav sig. Jag minns det som igår. Eller nästan i alla fall. För hur ska jag kunna glömma den första gång jag såg henne? Hennes raka hållning, det blonda håret med de stora lockarna? Leendet. Den hastiga blick hon gav mig, som fick mig nästan att tappa andan. Såhär i efterhand tror jag nog att jag föll för henne redan då. Jag blir så glad, för jag hittade ett av alla små brev från Anna som hon skickade till mig. Jag skickade lika många till henne och de flesta ligger säkert här i skokartongen om jag bara letar. Ibland var det långa brev men oftast bara små lappar. Men även om lapparna var små och texten ofta var kort så var innehållet desto mer intressant."

Kapitel 2

Året är 1947, Solbackens internatskola strax utanför Filipstad i Värmland. Det var en gråkall höstdag. Molnen grät iskalla tårar som sakta föll ner på marken. Det var ett fint regn som föll. Inte ett sådant där med stora droppar som skvätte när de landade på marken, utan ett tätt regn med små droppar som knappt hördes när de landade på marken. Löven låg som en gul matta under träden inne på skolområdet. Det var lördag förmiddag. Rektor Gösta Martinsson stod vid fönstret uppe på sitt kontor på andra våningen och såg med förnöjsam min på när Karl rensade ogräs i grusgången. Rektorn ville det skulle vara perfekt ute på gårdsplanen tills den nya flickan skulle anlända. Om hon inte hade haft ett adligt efternamn hade förmodligen inte Gösta brytt sig så mycket om det fanns en eller annan maskros i gruset, men han ville av någon anledning ha det extra fint när taxin med den nya flickan skulle anlända. Baktanken var att om flickan fick ett gott första intryck skulle det spridas hem till hennes stenrika och adliga familj och på så vis kanske göra så att skolans något skamfilade rykte skulle påverkas till det mer positiva. Rektor Gösta Martinsson hade en baktanke med allt. Han styrde den lilla internatskolan med järnhand sedan två år tillbaka. För två år sedan fick han och hans hustru Birgitta idén om att starta en internatskola. Andra Världskriget slut och varken han eller hustrun hade något jobb. De hade satsat alla sina sparpengar på att starta upp den lilla skolan Solbacken i utkanten av Filipstad. Det tidigare arbetet som lärare på realskolan Brattfors skola fick han sparken ifrån efter att blivit anmäld av en förälder för ringa misshandel. Gösta var en hård och sträng lärare som inte tolererade varken uppnosighet, prat under lektionerna eller elever som inte gjorde sina läxor. Resultat var allt som räknades. Och lydnad. Att man delade ut en och annan örfil mot eleverna var allmänt acceptabelt på den här tiden men Gösta hade gått alldeles för långt med stackars Torkel Karlsson. Torkel var en glad kille som egentligen aldrig var varken elak eller busig, men han var väldigt rastlös av sig och hade aldrig någon ro i själen. Det gick helt enkelt inte att sitta still en hel lektion och bara lyssna på vad läraren sa. Efter bara några minuter in på lektionerna brukade det börja krypa i kroppen på honom och något var tvunget hända. Ibland viskade han något till en kamrat, eller så gick han och vässade pennan flera gånger på en och samma lektion. Det hände att han nynnade en melodi helt ovetande. Han menade inget illa, men Gösta hatade honom. Allt som oftast tvingade han fram Torkel till katedern, där han fick ett par rapp över fingrarna. Men inte tystnade Torkel för det. Det brukade inte dröja särskilt länge förrän han återigen tog upp sitt nynnande igen. Eller så började han knacka med blyertspennan i bänken. De andra eleverna var vana vid Torkels beteende och visste att han var lite speciell, men Gösta kunde inte tolerera att någon elev inte gjorde som han sa under lektionerna.

En dag fick Gösta nog, gick fram till Torkel och slet upp honom i örat och gick ut genom klassrummet och in till en av skolans toaletter. Med ett hårt tag tryckte han ner Torkels huvud i toalettstolen och spolade. Han skrek åt pojkstackaren att detta minsann var den sista gången han trotsat honom och om han trots allt skulle fortsätta så skulle han slita in honom igen in på toan och spola så länge att han skulle drunkna. Stackars Torkel visste att han hade gjort fel som inte varit tyst på lektionerna, men han kunde inte hjälpa det. Klunk efter klunk svalde han ofrivilligt toalettvattnet medan Gösta med uppspärrade ögon stenhårt höll tag om pojkens nacke nedtryckt i toalettstolen. När Gösta tillslut tyckte Torkel hade ulkat färdigt, lyfte han upp honom och tvingade honom svära på att hädanefter hålla sin käft stängd och sitta helt tyst under lektionerna. Torkel hostade och spydde upp allt vatten han nyss hade fått i sig. Han slet sig sedan loss ur Göstas grepp och gråtandes sprang han ut från toaletten och raka vägen hem och berättade för sina föräldrar. Samma vecka fick Gösta Martinsson sparken från sin lärartjänst och slapp med nöd och näppe undan en polisanmälan från Torkels föräldrar. Men att arbeta inom skolväsendet var det enda Gösta kände till och det enda han kunde. Efter långa diskussioner med sin fru bestämde de sig för att satsa på en egen skola, internatskolan Solbacken. Där skulle han vara rektor och frun Birgitta skulle sköta allt administrativt samt hålla i musikundervisningen. De köpte det förfallna gamla sanatoriet för en relativt billig slant och renoverade det och köpte in material, läromedel, bänkar och övriga tillhörigheter så att de kunde öppna skolan. Det första året ansökte tolv flickor och tjugo pojkar till skolan. De två lärarnas löner som de anställde, betalade Gösta och Birgitta av lånade pengar som banken hade beviljat dem för köpet av det gamla sanatoriet. Efter det första året hade det nätt och jämt gått ihop sig. Året därpå kom det ytterligare totalt femtiofyra elever och paret Martinsson kunde börja betala av lite av sina stora skulder till banken.

Solbackens internatskola bestod av totalt fyra byggnader samt ett större förråd. Den stora byggnaden var en avlång byggnad i tre våningar samt vindsvåning, som var uppdelad i två enheter med separata ingångar, ett för pojkarna och ett för flickorna. På den första våningen fanns alla lektionssalar och på våningen ovanför fanns elevernas rum där de var inackorderade. På denna våning fanns även ett par mindre sällskapsrum och toaletter och duschar. Här fanns även rektor Gösta och Birgittas båda arbetsrum. I en mindre byggnad mittemot huvudbyggnaden låg matsalen och lite längre bort den blivande idrottshallen. Än så länge var där bara en enda stor sal. Gösta och Birgitta hade än så länge inte haft pengar till att installera ribbstolar, bockar och andra redskap som hörde idrott till. Idrottsläraren och tillika SO–läraren bedrev större delen av gymnastiklektionerna utomhus med fokusering på konditions och styrketräning. Även vissa bollsporter gick att utöva nere på en äng bakom idrottshallen. Nu stod Gösta och såg på Karl genom sitt fönster.

Han knackade otåligt på rutan, men Karl hörde inte. Gösta öppnade fönstret och ropade på honom.

– Karl! När du är klar så kommer du upp till mig! ropade han med bestämd röst. Karl suckade tungt och ryckte upp de sista maskrosorna, la dem i skottkärran och körde iväg den sedan bort till baksidan av idrottshallen. Det regnade lätt fortfarande och han var dyblöt överallt. Han gick sedan i rask takt mot huvudbyggnaden och gick upp till rektorns rum och öppnade dörren. Gösta blängde på honom irriterat.

– Kan du inte knacka som alla andra här? snäste Gösta.

– Förlåt far.

– Är alla maskrosor borta från grusgångarna nu?

– Ja.

– Även utanför gymnastiksalen?

– Ja.

– Har du snyggat till i gruset borta vid grindstolparna också?

– Nej, där har jag inte varit, sa Karl suckade och slog ner blicken.

– Jag visste väl det. Det går ju inte att lita på dig! Jag sa ju att du skulle se till att plocka bort alla maskrosor på området och då menar jag ALLA maskrosor, förstår du väl?! snäste Gösta.

– Förlåt, jag tänkte inte på området borta vid grindstolparna.

– Nä, tänka är ju inte din starka sida, eller hur?

Karl svarade inte utan fortsatte att titta ner i backen.

– Hallå?! Har du inte mål i munnen, pojk?! Jag frågade dig nyss en sak. Då svarar väl man? Eller?!

Karl spände käkmusklerna och kände att han blev röd i ansiktet. Inombords kokade av ilska men han behöll sitt lugn mot Gösta.

– Nä, tänka kanske inte är min starka sida, svarade Karl.

– "Kanske…" Gösta flinade medan han höll en kulspetspenna mellan fingrarna.

– Nu är det såhär, att om bara en liten stund så rullar en taxi in på vårt skolområde. Det är nämligen som så att en ny flicka ska börja här hos oss på Solbacken. Det är inte vilken flicka som helst, förstår du. Hon kommer från en fin familj. De har precis flyttat hit till Värmland och de vill att deras flicka ska gå på vår skola. De har tydligen bosatt sig i Hagfors. Kan du tänka dig, de väljer vår skola före Lundsberg! Nä, det kan du väl förstås inte… Hur som helst, så vill jag att hon ska få en positiv upplevelse här, det är mycket viktigt. Förstår du det?

– Ja jag förstår det. Jag ska gå och rensa bort maskrosorna borta vid grindstolparna, suckade Karl.

– Bra, gör det. Stick iväg och gör det på en gång, du blöter ju ner hela mitt golv här inne! dundrade Gösta och pekade på dropparna som hade fallit ner på golvet från Karls blöta kläder. Karl vände på klacken och gick tillbaka till idrottshallen för att hämta en hink.

Aldrig ett positivt ord, aldrig ett tack. Bara mer uppgifter hela tiden. Tycker far att jag gör rätt någon jäkla gång? Troligtvis inte. Vad har jag gjort för fel egentligen? Jag gör ju som han säger och ändå duger det aldrig. Vad ska jag göra för att han ska bli nöjd? Och jag kan väl knappast rå för att det regnar heller? Vill han att jag ska ta av mig alla kläder innan jag går in på hans jäkla kontor? Karl gick med tunga steg bort till idrottshallen och hämtade en hink, en skruvmejsel och sina handskar. Han kände på handskarna. De var genomsura av allt regn. Istället hängde han upp dem på ett av handtaget till skottkärran och gick sedan bort till infarten till Solbacken där grindstolparna fanns. Medan han gick där i regnet såg han sig omkring. Inga elever sågs till. Alla hade undervisning inne i något varmt och torrt klassrum, utom han. Han fokuserade blicken bort mot några fönster på första våningen. Det lös där inne. Han kunde se hur elever satt och skrev medan en lärare stod och pekade med en pekpinne på svarta tavlan. Det var säkert varmt och skönt där, tänkte han och rörde lite på sina stelfrusna fingrar. Han själv hade ett par år tidigare misslyckats på intagningsproven och fick därmed inte läsa på sina adoptivföräldrars skola. Han minns fortfarande den stora utskällningen han hade fått av Gösta efter att resultaten hade kommit. Han stod där öga mot öga och bara tog emot. Ord efter ord. Om hur dålig han var, hur osmart han var. Om hur mycket de ångrade att de inte hade tagit ett annat adoptivbarn istället för honom, någon med lite mera hjärna. Hur många gånger hade han inte gått långt ut i skogen och satt sig på en stubbe mitt ute i ingenstans och bara gråtit för sig själv och funderat över vad han hade gjort för fel? Och vad han möjligtvis skulle kunna göra för att göra sina adoptivföräldrar till lags igen. Att han inte var så smart visste han om, men han visste i alla fall att han var en godhjärtad person. Aldrig så vitt han visste hade han sagt ett endaste ont ord om någon, aldrig hade han varken slagit eller mobbat någon i skolan när han var mindre. Karl var en tystlåten och tänkande grabb som blivit nertryckt i hela sitt liv av sina adoptivföräldrar och han visste inget annat än det de hade sagt åt honom; att han var en odugling som skulle vara tacksam över att någon över huvud taget hade velat ta hand om honom. Och Karl var tacksam. Han var tacksam över att ha någonstans att bo, över att ha föräldrar som gav honom julklappar till jul och försåg honom med mat varje dag. För han hade ju inte kunnat vara kvar hos sina supande föräldrar i Emmaboda, som inte brydde sig om honom, då hade han ju inte levt nu. Det hade Gösta ofta berättat för honom. Men vad visste väl Karl egentligen? Bara det som Gösta hade berättat för honom. Ofta när han satt där ute i skogen och grubblade så funderade han på hur hans riktiga föräldrar var. Om hur de var och vad de gjorde nu. Var de verkligen sådana att de inte hade brytt sig om honom alls när han var bebis? Hade de verkligen bara supit och struntat i att mata honom, såsom Gösta hade berättat? Antagligen. Hade han några riktiga syskon? Det hade Gösta sagt att han inte visste. Tänk om han hade en storebror någonstans i Sverige? Eller en syster? Han undrade om hans riktiga föräldrar också skulle ha slagit honom lika mycket som Gösta och Birgitta hade gjort genom åren. Han funderade på vad som skulle hända om han hade slagit tillbaka. Skulle han ha någon chans mot Gösta? Antagligen, för han var både länge och starkare än honom. Kanske inte tyngre men definitivt starkare. Men skulle han ha slagit tillbaka så hade det varit kört för honom, då skulle han med all sannolikhet bli utsparkad från sitt hem för gott och fått klara sig på egen hand. Det hade Gösta sett till, vare sig Birgitta hade velat det eller ej, för hon hade inte mycket att säga till om i familjen Martinsson. Och hur skulle det ha gått då? Han som inte hade någon utbildning, vem skulle anställa en sådan som honom? Han som var en usling som inte dög till någonting annat än att jobba hos sin far som vaktmästare? Han som var som en hund som var fastkedjad hos sin stränga husse. Nä, han var tvungen att bita ihop. Men drömmen fanns såklart där, att få frigöra sig från sina stränga föräldrar och söka sig ut i världen, att få stå på egna ben och få bestämma över sig själv. Att ha ett jobb som han själv hade fått välja, ett jobb där han fått en riktig lön. Inte ha det som det var nu, att han fick en struntsumma av vad en vanlig vaktmästare skulle ha fått, "på grund av att ett jobb som vaktmästare klarar ju vilken idiot som helst". Men när han blev myndig vid tjugoett, då kunde de inte bestämma längre över honom. Men det var flera år kvar till dess. Men han var ändå tacksam. För att han var frisk och hade ett relativt fritt jobb. För även om Gösta bestämde när han skulle arbeta och vad han skulle göra så kunde Gösta ändå inte bestämma över vad han skulle tänka på medan han skötte alla sysslorna på skolan. För tankarna var hans egna och ingen annan än han själv styrde över dem!

En halvtimme senare gick han sakta tillbaka med en hink full med maskrosor. Regnet hade upphört men det var fortfarande mulet. När han gick längs gårdsplanen såg han att han hade missat ett litet område där det stack upp några tistlar och en och annan maskros. Han skyndade dit för att hinna plocka upp dem innan Gösta skulle hinna se att han hade missat att rensa där. Medan han stod på knä i gruset hörde han hur en bil körde in genom grindarna. Han vände sig om och såg att det var en svart taxibil av märket Volvo PV822. Karl var inte bra på mycket men om det var någonting han var både intresserad av och kunnig inom så var det om bilar. Han kunde knappt bärga sig till den dagen när han själv skulle få körkort och en egen bil. Men körkortet kostade pengar och pengar hade han knappt några. Och att få råd med en egen bil, det var bara att drömma om. Och drömma gjorde han ofta. Om att en dag glida runt på landsbygden i sin alldeles egna, nytvättade Volvo.

När taxin hade kört ner på gårdsplanen och gjort en u–sväng bara några meter ifrån honom, såg han att det var Volvos senaste modell, den med 90-hästarsmotorn. Han hade aldrig sett en sådan i verkligheten innan, bara läst om den och han reste på sig och beundrade den för ett ögonblick. Taxin stod stilla på gårdsplanen med motorn på tomgång, som om den väntade på någon. I bakgrunden hörde Karl hur någon kom ut från huvudbyggnaden och närmade sig med snabba steg. Det var Gösta. Han gick förbi Karl utan att ta någon som helst notis om honom och han fortsatte raskt fram till taxibilen. Bakdörren öppnades och ut steg en flicka i övre tonåren. Då slog det plötsligt Karl vad det hela rörde sig om. Gösta hade ju tidigare sagt att en ny flicka skulle börja på deras skola. Med ett påklistrat och överdrivet leende såg han Gösta sträcka fram handen mot flickan.

– Ni måste vara fröken Anna Wadenstierna? Välkommen ska ni vara till Solbacken! Mitt namn är Gösta Martinsson och är rektor här på skolan.

– Tack så mycket, sa Anna och log tillbaka.

– Här kommer ni att trivas, det kan jag lova! Jag ska personligen visa er runt. Låt mig ta era väskor, sa Gösta. Karl hade inte sett sin far svansa för någon person såhär mycket någonsin och tyckte att han betedde sig mycket underligt åt. När Gösta hade betalat taxichauffören efter att ha insisterat för att få betala istället för Anna, började de gå bort mot huvudingången. Karl som stod på sina knän och rensade maskrosor kunde inte låta bli att snegla upp mot den nya flickan. Hon var blond med stora svallande lockar. Det syntes på kläderna att hon kom från en rik familj. Hon såg sig nyfiket omkring och när hon passerade Karl

16

fastnade blicken på honom för ett ögonblick. Karl var helt säker på att hon skulle se på honom med förakt, men istället gav hon honom ett varmt leende och fortsatte sedan gå mot huvud–ingången. De klarblå ögonen fick honom nästan att glömma bort vad han höll på med. Gösta såg att Anna gjorde en notis om Karl.

– Åh, bry dig inte om honom, det är bara... vår vaktmästare här på Solbacken, sa Gösta som återigen log överdrivet mot flickan. Karl suckade.

Bara vår vaktmästare... Är det allt jag är för honom? Och varför skulle hon bry sig om mig? En överklassjänta? Vad hette hon i efternamn? Wadenstierna? Undrar vilket företag som hennes far äger? Varför går hon förresten inte på Lundsberg, som alla andra rika barn gör? Det ligger ju inte så värst långt ifrån.

Karl rensade upp de sista maskrosorna och gick bort med hinken bakom idrottshallen.

En stund senare var klockan halv tolv och det var dags för lunch. Karl hade bytt om till torra kläder i sin vaktmästarskrubb och var på väg ut till matsalsbyggnaden. Det var inte lönt att komma in i matsalen med smutsiga snickarbyxor och skit under naglarna. "Ska du äta med oss andra så får du åtminstone se respektabel ut. Ditt hår ska vara vattenkammat och du ska ha hela och fräscha kläder på dig, så att du ser någotsånär anständig ut", hade Gösta sagt. Han nickade åt några av grabbarna som gick förbi honom. En del elever på skolan var riktigt trevliga och brukade prata med honom när de var ute på rast. De flesta var i hans egen ålder, andra ett eller två år yngre. En ström av elever drog sig bort mot matsalen, både killar och tjejer. Alla åt samtidigt, men killarna satt på ena halvan av matsalen och tjejerna på den andra. Karl fick sitta tillsammans med lärarna, städtanten, Birgitta och Gösta. Det var få av tjejerna som han hade någon kontakt med. De flesta var fisförnäma och ville inte ha med någon vaktmästare med smutsiga kläder att göra. Det fanns även ett par söta tjejer på skolan, men de hade aldrig gjort notis om att han ens existerade. För dem var han bara "vaktmästargrabben".

Medan han gick där i grusgången på väg till matsalen såg han plötsligt den nya flickan. Hon gick där tjugotalet meter framför honom. Hon var lätt att urskilja från de andra, för hon hade ännu inte fått sin skoluniform på sig. Dessutom var det inga andra tjejer som hade lika blont och lockigt hår som henne. Karl såg att hon hade en pärm under armen. Det var väl något hon hade fått av Gösta. Kanske lite information och blanketter som hon ska fylla i, tänkte han. Han följde henne med blicken hela tiden medan hon gick där längs den lilla grusgången och vidare förbi genom gångstigen på gräsmattan och sedan in genom dörren till matsalen. Det var någonting särskilt med flickan som han inte kunde släppa, trots att han bara sett henne som hastigast för en dryg timme sedan. Hon såg verkligen speciell ut med det där blonda håret och de isblå, vackra ögonen. Hennes ögonbryn var svarta och skarpa och hon hade haft ett svagt rött läppstift på sig, hann han se. Kanske var hon den vackraste tjejen av alla på skolan och det var någonting hos henne han fastnade för när hon log åt honom. Inte för att en sådan som han skulle ha en chans på en överklasstjej som henne, men ändå kunde han inte låta bli att börja fantisera om henne. Perra, en kille som gick andra året på skolan, frågade honom något om en dörr som inte gick att låsa i biblioteket, men orden gick in genom ena örat och ut genom det andra, för Karl hade fullt fokus på den blonda tjejen som gick en bit framför honom.

Plötsligt skedde någonting som kanske blev avgörande för hela Karls framtid. En bit framför honom skramlade det till. Anna Wadenstierna tappade sin pärm på det hårda stengolvet mitt i matkön så att alla hennes papper flög ut över golvet. De närmaste runtomkring uppmärksammade händelsen men ingen verkade varken bry sig eller bemöda sig med att hjälpa till att samla ihop hennes papper. Kanske det berodde på att ingen visste vem den nya tjejen var, eller så berodde det på att de snobbiga eleverna på Solbackens internatskola ansåg att var och en sköter sitt. Rent reflexmässigt trängde sig Karl före i kön och sprang fram till Anna och började hjälpa henne att samla ihop papperna. Smått generad av händelsen försökte Anna samla ihop papperna så snabbt hon bara kunde och märkte först inte att någon satt på huk och hjälpte till alldeles bredvid henne. Inte förrän Karl hade krafsat ihop en hög och sträckt fram den till henne.

– Men Gud! Tack! Tack så hemskt mycket, det hade du inte behövt, sa hon med rödrosiga kinder.

– Ingen fara, sa Karl och räckte över papperna. Ännu en gång möttes han av det där varma leendet. För ett ögonblick blev det en pinsam tystnad innan han snabbt kom på att han nog borde resa sig och ställa sig i kön igen, när Anna frågade honom något.

– Jag tror jag såg er tidigare idag. Ute på gårdsplanen där min taxi släppte av mig.

– Ja, jo det stämmer, svarade Karl generat. Han var inte van att prata med tjejer, särskilt inte rika och söta tjejer som Anna Wadenstierna. Anna sträckte fram handen för att hälsa.

– God dag, Anna Wadenstierna heter jag. Jag är ny här, sa hon glatt.

– Karl. Karl Martinsson. Jag hörde talas om att en ny tjej skulle börja här på skolan, sa Karl.

– Gjorde ni? Vilken klass går ni i? fortsatte Anna. De två stod nu upp vid sidan av matkön medan de andra gick före dem.

– Öhh, jag…

Plötsligt hördes Göstas stränga stämma bakom honom.

– Karl! Låt bli att hindra vår nya elev från att äta lunch! sa Gösta surt.

– Men det gjorde jag inte, jag…

Gösta lyssnade inte mer på Karl utan vände sig mot Anna.

– Så, ställ er här i kön bara så hoppas jag att er lunch ska bli till belåtenhet, sa Gösta och flinade sådär överdrivet igen. Anna log tillbaka, bytte en hastig blick mot Karl och ställde sig sedan i kön där Gösta hade pekat. Gösta drog till sig Karl och viskade i örat på honom.

– Vad i helvete håller du på med? Ska du hindra vår nya elev från att äta lunch?

19

– Nej absolut inte. Hon tappade...

– Sluta prata strunt och gå och ställ dig sist i kön, avbröt Gösta och blängde surt. Sedan rättade han till sin fluga och gick iväg och satte sig vid sitt bord bland lärarna. Några av eleverna uppfattade vad Gösta sa till Karl och fnissade lite. Karl skämdes en smula och ställde sig sist i matkön. Han skämdes, såsom han gjort så många gånger tidigare när hans far hade skällt ut honom offentligt inför eleverna och han hade vant sig vid det här laget. Detta var vardagsmat för Karl men han accepterade detta för han visste ju att han var klassen lägre än alla andra eleverna. Han var lägre i rang, mindre värd än de smarta eleverna som hade förtjänat sina platser här på skolan.

Kapitel 3

Det blev söndag. En del elever åkte hem till sina föräldrar och några stannade kvar. De elever som valde att stanna kvar ägnade sin fritid åt att studera extra, läsa böcker i det lilla biblioteket, ta långa promenader i de vackra omgivningarna utanför Solbackens område eller sparka boll på gräsplanen bakom idrottshallen. För Karls del så stannade han gärna kvar på Solbacken. Det var lugnast så. Här hade han sin lilla skrubb som låg på ena gaveln av den stora förrådsbyggnaden, där han hade både kläder och ett litet pentry och innanför den fanns hans övernattningsrum och egen toalett. På väggarna satt det planscher på olika sportbilar som han hade rivit ut från diverse biltidningar. Han tyckte om att vara själv. För när han var själv fanns ingen som tjatade på honom eller gav honom uppgifter att göra. Hemma hos föräldrarna kunde han inte äta en måltid utan att få höra att han sörplade, hade för dåligt bordsskick eller smackade när han åt. Inte heller fanns det någon som gav honom stryk. Fast det var ett par år sedan han hade åkt på en riktig örfil. Då kunde det räcka med att han råkade ha armbågarna på bordet för att Gösta skulle dra upp honom ur stolen i örat och skicka in honom på sitt rum "för olämpligt beteende vid matbordet." Nu för tiden var det mest spydiga kommentarer från Gösta. Psykningar, allra helst om det var flickor i närheten så att han skulle känna sig extra bortgjord. Om söndagarna hände det att han var med de andra grabbarna och spelade boll. Eller så bara satt han och snackade skit med dem på någon bänk. Någon gång mitt på dagen brukade han gå upp till matsalen och koka sig själv en kopp kaffe eller två, ibland tillsammans med några andra elever. Men oftast brukade han gå långpromenader och bara njuta av friheten och naturen och när han inte gick långpromenader låg han i sin säng och läste böcker eller tidningar. Särskilt om det fanns tidningar om bilar. Allra helst om Volvo. Det fanns nog ingenting som inte Karl kunde om Volvo. Det bästa han visste var när Gösta bad honom byta däck eller byta olja på deras gamla Volvo PV 51. Den hade börjat få rostfläckar på sina håll, men Karl älskade att tvätta den och hålla den ren. Dessutom brukade aldrig Gösta ha någonting emot att låta Karl hålla efter bilen, då han tyckte om att köra i en ren bil. Denna söndag var vädret tråkigt. Det hade regnat konstant och det blev inte uppehåll för någon promenad på hela dagen. Karl satt på sitt rum och tittade ut. Det blåste en hel del. Löven for omkring i små virvelvindar på gräsytorna och han visste vad han hade att göra under veckan som kom. Hans far skulle kommendera krattning av löv. Det hade han egentligen ingenting emot så länge det inte regnade ute. Värre var det med inomhussysslor. Han tänkte tillbaka på härom veckan då Gösta hade fått för sig att ändra om i biblioteket. Gubben hade varit på honom som en igel och kommenderat tills han var helt nöjd med hur det såg ut. Han hade svurit och skrikit på honom nästan konstant. Han bar fel, han lyfte fel, han var för långsam eller så hade han inte varit tillräckligt försiktig med möblerna.

Det började närma sig sju på kvällen. Vinden utanför tilltog och utanför slog några fönsterluckor så det smällde ända in till Karls skrubb. Det mörknade snabbt nu och han tände ett stearinljus på köksbordet. Ljuset hade han snott ur en kartong uppe på vindsvåningen. Hade Barbro fått nys om det hade hon blivit vansinnig och skrikit åt honom. Dessutom hade hon med all säkerhet skvallrat för Gösta att deras son var en tjuv. Men Karl var inte orolig för att bli upptäckt, för hans föräldrar hälsade sällan på i hans skrubb. De tyckte den var skabbig och de var rädda för att skita ner sina kläder om de gick in dit. Fast så smutsigt var det verkligen inte hos Karl, det var något de hade fått för sig bara. Men det är klart, det var inte de nyaste möblerna där inne, men det gjorde inte honom någonting. Hellre lite äldre möbler och frihet än nya möbler och vistas hemma hos föräldrarna. Ofta brukade han sitta i pentryt om med släckta lampor med endast ett stearinljus som lös upp inne hos sig. Där brukade han läsa om intressanta bilar, om deras motorer och hur de var uppbyggda. Om hur växellådor fungerade och så vidare. Han visste nästan allt om hans föräldrars Volvos motor till exempel, en B4B- motor med rak 4-cylindrig toppventilsmotor. En sprängskiss över motorn hade han på en plansch över sängen. Han tippade på att det var få andra artonåringar som visste att den hade 3-lagrad vevaxel och en slagvolym på 1,414 liter. Andra killar hade väl planscher på Rita Hayworth eller andra amerikanska filmstjärnor, men inte Karl, inte.

Kvällen kom. Ännu en vecka hade nått sin ände och i morgon var det vardag igen. Som vanligt innan han släckte lampan, studerade han sina vackra Volvo–planscher i fyrfärg och drömde att han en gång i livet skulle få råd att ta körkort och äga en alldeles egen Volvo.

Måndagsförmiddagen var kylig och klar. Som Karl hade misstänkt så var veckan som kom vigd åt att kratta löv. Dagar som denna var han verkligen inte avundsjuk på eleverna som fick sitta inne och lyssna på någon tråkig lärare. Han däremot fick gå utomhus i lugn och ro och andas in den klara, kyliga höstluften. Ibland stannade han upp och lyssnade på fågellivet runtomkring. Han var inget vidare på fågelsorter men han kunde urskilja fem–sex olika arter som sjöng i träden runtomkring honom. Ytterdörrarna till flickornas klassrum öppnades och ut kom en andraklassarna gåendes i hans riktning. Karl förstod att det var idrott på gång.

Nu är det dags för andraklassarna att ha idrott. De lär vara utomhus nu när vädret är bra. Förresten, den nya tjejen, började inte hon i denna klassen? Har för mig att jag sett henne tillsammans med dessa tjejer förut. Jo, banne mig! Där är hon ju. Hon går ensam. Kanske inte så konstigt, hon har ju inte hunnit lära känna någon ännu. Undra om hon

23

kommer ihåg mig? Jag kommer i alla fall definitivt ihåg henne. Söt som socker och ett leende som ingen annan tjej här på skolan kommer i närheten av. Jag har nog aldrig sett sådana klarblå ögon heller. Verkligen vacker...

Tjej efter tjej passerade Karl medan han räfsade löv. Ett par av dem nickade åt honom och någon sa "hej". Någon bakom knackade plötsligt på axeln. Han vände sig om och höll på att tappa krattan när han såg att det var den nya tjejen, Anna Wadenstierna.

– Hejsan! sa Anna glatt.

– Hej! sa Karl tillbaka. Han såg sig spänt omkring. Ingen Gösta så långt han kunde se. Om han hade sett att Karl hade pratat med Anna hade han definitivt fått en utskällning utan dess like.

– Jag tror inte jag hann tacka dig ordentligt för att du hjälpte mig med papperna i matsalen häromdagen. Det var väldigt snällt av dig. Det var så många elever som såg på men ni var den ende som betedde sig som en gentleman, sa Anna och log så att hela ansiktet sken upp.

– Äsch, det var så lite så, svarade han generat.

– Jobbar du här? Jag trodde att du gick här på skolan.

– Nä jag jobbar som vaktmästare här på skolan, faktiskt. Idag är det räfsa löv som gäller, sa Karl i brist på annat.

– Då har du en hel det att göra, finns ju hur mycket som helst här, skrattade Anna.

– Det finns det verkligen. Jag lär inte bli arbetslös denna veckan i alla fall.

– Haha, nä! Jag ska ha idrott strax.

– Ja, jag förstår det. Ni lär vara ute idag. Det lär säkert bli ett par varv på skogsslingan och sedan gymnastikövningar. Det brukar det vara för er tjejer.

– Gymnastik är kul. Det fick jag göra mycket på min förra skola.

– Var kommer du ifrån? Jag känner inte igen er dialekt, sa Karl medan han nervöst såg sig om efter Gösta, men han syntes fortfarande inte till.

– Jag kommer ifrån Gävle. Far har fått jobb som direktör på den stora fönsterfabriken i Hagfors.

– Aha, på så vis!

– Ursäkta mig, men jag måste nog kila vidare om jag ska hinna byta om. Men det var kul att se er igen, log Anna och började gå vidare. Efter några steg vände hon sig om mot Karl och tog några steg baklänges.

– Ni är den jag har hunnit tala med mest sedan jag kom hit. Kan vi kalla oss kompisar nu? skrattade Anna och gick vidare bort mot idrottshallen. Karl följde henne med blicken en lång stund. Aldrig tidigare hade någon tjej på skolan talat så mycket med honom och han blev alldeles varm i kroppen.

Kompisar? Hon frågade om vi var kompisar nu! Jag han ju inte ens svara henne på det innan hon sprang vidare. Men det är klart att jag vill vara kompis med henne! Innebär detta att vi kommer att tala med varandra fler gånger? Det borde det väl? Resten av förmiddagen kunde inte Karl släppa tanken på den söta nya tjejen och aldrig hade han räfsat som flitigt som denna dag. Gösta gick förbi honom vid lite senare på dagen och gav honom en irriterande blick när han såg att Karl nästan såg ut att ha roligt medan han räfsade.

Anna och hennes klasskamrater var klara med idrottslektionen. Hon och de andra tjejerna stod i omklädningsrummet och bytte om efter att de hade duschat. Varmvattnet tog slut innan alla hade var klara och när hon stod i den nästintill iskalla duschstrålen förstod hon varför alla hade så bråttom att få av sig kläderna och hoppa in i duscharna. Det var ju inte direkt så de andra tjejerna tipsade henne om att skynda sig. Hon var den nya tjejen och ryktet gick om att den nya tjejen kom från en rik och adlig familj. Även om de flesta tjejerna kom från välbärgade familjer så var det många som rynkade lite på näsan åt "den nya rika flickan". Ingen av de andra tjejerna hade varit särskilt välkomnande mot henne, även om de hade svarat relativt vänligt på tilltal, men det bekom inte Anna särskilt mycket. Hon var en tuff tjej med gott om självförtroende. Hon visste vem hon var och vilken bakgrund hon hade. Att tjejerna skulle rynka på näsan åt henne var något hon hade räknat med, men det är klart att hon ändå ville lära känna några av tjejerna lite bättre. Snart hade alla utom Anna och en tjej till lämnat omklädningsrummet och hon kände att hon var tvungen att säga något innan stämningen blev alltför stel.

– Det var första gången jag orienterade. Jag förstod ingenting av alla symbolerna på kartan! sa Anna och såg på tjejen en bit bort.

– Ja, det är lite klurigt i början men det är roligt när man väl lyckas hitta några kontroller. Jag trodde vi skulle ha gymnastik idag faktiskt, men orientering är helt okej, svarade tjejen.

– Jag heter Anna förresten.

– Ann–Sofie. Hur känns det att börja i en ny skola?

– Det känns helt okej faktiskt. Inte så farligt som jag trodde. Fast skolan är lite sliten om jag ska vara ärlig. Fast omgivningarna är fantastiska, vilken fin natur ni har här.

– Jo det är vackert här. Du, vi måste nog skynda oss tillbaka nu, annars blir magister Gunnarson arg, sa Ann–Sofie och stoppade ner sina gymnastikkläder i sin väska.

– Jaså, är han en sådan där surgubbe som blir arg för minsta lilla?

– Ja, du ska bara veta! log Ann–Sofie.

Tjejerna pratade på medan de skyndade sig tillbaka till klassrummet. Anna tyckte det var skönt att äntligen få någon att prata med och hon såg fram emot att kanske prata vidare med Ann–Sofie senare på kvällen.

Efter skolans slut och Ann–Sofie gjort sina läxor, gick hon bort till Annas rum och knackade på. Anna delade rum med Britta Wallin, en rundlagd plugghäst som var fåordig och som hellre studerade än umgicks med klasskamraterna på fritiden.

– Hej Anna! Tänkte bara höra om du ville ta en promenad, så kan jag visa dig runt här på området?

– Ja absolut! Jag ska bara ta på mig en jacka. Det regnar väl inte ute?

– Nejdå, det är uppehåll, sa Ann–Sofie glatt. De gick ner för stentrappan, ut genom ytterdörren och vidare genom allén som ledde ut på stora vägen. Där tog de vänster och fortsatte en bit förbi ett stycke bokskog och därefter en hästhage. Ann–Sofie pekade bort mot en liten grusväg en bit framför dem.

– Om man följer den vägen kommer man till en sjö med en massa ekar runtomkring, men den ligger utanför skolområdet. Rektorn vill inte att vi går så långt ifrån skolan. Vi ska helst hålla oss inom området, säger han.

En stig ledde dem sedan tillbaka mot Solbacken igen och de kom fram bakom idrottshallen. De hann prata om var de båda kom ifrån och om olika lärare på skolan och om vilka pojkar som var söta. När de hade passerat idrottshallen såg de en kille komma gåendes rakt emot dem.

– Karl! God kväll! Är du ute och promenerar i skymningen? sa Ann–Sofie nästan överdrivet glatt.

– God kväll, svarade han Ann–Sofie och nickade mot Anna.

– Ja, tar mig en kvällspromenad bara. Det händer att jag gör det ibland när jag får tid och lust. Och om vädret tillåter förstås, fortsatte han och sparkade lite med foten i gruset.

– Jag har visat vår nya klasskamrat runt lite här på området.

– Okej. H–hur tycker du att det verkar här då? stammade Karl en smula försynt. Anna log tillbaka.

– Det verkar vara fint här. Jag tror jag kommer att trivas här faktiskt. Det var trevligt att ses igen förresten. Er verkar man stöta på ganska ofta, sa hon och log.

– Ja, det lär ni nog göra. Jag är ju ganska mycket utomhus och fixar med saker. Dessutom äter vi ju lunch och middag samtidigt, sa Karl. Ann–Sofie såg inte lika glad ut längre och blängde på Anna.

– Vi ska väl ta och fortsätta, sa Ann–Sofie och drog Anna lätt i armen.

– Visst. Vi ses, sa Anna och fortsatte.

– Han är söt, vår vaktmästare, sa Anna och såg sökande på Ann–Sofie.

– Mmm, men det finns andra söta killar med. Jag ska visa dig vid tillfälle vilka jag menar.

– Du blev väl inte sur för att jag talade med Karl? frågade Anna.

– Inte alls. Du får tala med vem du vill.

– Eller är du typ kär i honom?

– Jag är inte kär i någon här på skolan, svarade Ann–Sofie. Anna tyckte Ann–Sofie betedde sig konstigt åt ända sedan de träffade på Karl. Inte alls lika trevlig som tidigare under promenaden. Klockan var mycket och de skiljdes åt och gick till sina respektive rum.

Någonting är skumt här. Varför blev hon sur helt plötsligt, bara för att jag talade med Karl? Är hon kanske kär i honom fast hon inte vill erkänna det för mig? Så larvig kan hon väl ändå inte vara? Jag måste ju få tala med vem jag vill. Dessutom är han faktiskt riktigt snygg. Han passar i de där blå hängselbyxorna. Och det mörka håret med den långa snedluggen...

Under följande vecka såg Karl Anna nästan varje dag i matsalen. Medan han åt sin lunch bland lärarna brukade han spana bort bland eleverna för att se om han kunde hitta henne. När han hittat henne brukade han nicka diskret åt henne och hon log alltid åt honom när de fick ögonkontakt. Varför hon upp–märksammade honom över huvud taget var för honom en gåta. Det fanns ju fullt av andra grabbar här på skolan. Men han var tacksam att hon gjorde det och de små leendena hon gav honom i matsalen fick honom att känna sig lite mindre osynlig, till och med något uppskattad. En dag gick hon fram till honom under lunchrasten när han höll på att räfsa upp de sista av höstens löv på området.

– Löven verkar aldrig ta slut, sa hon och ställde sig framför honom.

– Hej! Nja, men det är inte mycket kvar nu, sa han och torkade sig under näsan med handen.

– Hur går det i skolan? Trivs ni?

– Det går bra tror jag. Och snälla, säg "du" till mig! Jag har inte fått så många vänner än. Jag pluggar mest om kvällarna. Men jag tror jag har fått en killkompis i alla fall, sa hon och såg finurlig ut. Anna stod med fötterna ihop och ett par skolböcker i båda händerna framför sig. Idag hade hon håret i en fläta på ryggen. Karl såg frågande ut och undrade vilken kille hon möjligtvis kunde ha träffat.

– Dig! utbrast hon och skrattade. I samma ögonblick ropade Gösta på honom.

– Karl! Kom hit på en gång!

Karl såg genast orolig ut.

– Jag måste gå. Rektorn gillar inte när jag talar med elever. Han vill inte att jag stör dem…

– Nämen! Du stör väl inte!

– Jag är ledsen, jag måste gå. Vi ses, sa Karl och lunkade iväg bort mot Gösta.

Fan! Fan! Fan! Var han tvungen att hitta mig just nu? Kan han aldrig bara lämna mig ifred någon gång och låta mig tala med vem jag vill utan att han ska lägga sig i?

Gösta lutade sig framåt mot Karl och talade lågmält till honom.

– Har jag inte sagt åt dig att låta bli henne? Anna är en bildad flicka som är van att tala med mycket mer intelligenta pojkar än du. Där hon kommer ifrån umgås bara adligt folk med varandra, så låt henne inte dras ner i smutsen av ditt struntprat. Varför har jag sett dig tala med henne flera gånger under veckan? Du börjar väl inte fatta tycke för henne?

– Nä det gör jag inte…

– Du förstår väl att hon spelar i en helt annan division än dig? Du skulle inte ha en chans, det måste du väl ändå förstå, Karl? Nä, gå du ner till Folkets Park på lördag kväll istället, där finns det säkert någon flicka för dig, ska du se. Men du låter Anna Wadenstierna vara ifred hädanefter, är det förstått?

– Men det var hon som kom fram till mig och började tala och jag ville ju inte vara ohövlig.

– Jag vill inte höra på ditt struntprat! Var inte uppnosig nu, pojk! Eller du kanske vill att vi ska talas vid uppe på mitt rum? hotade Gösta.

– Jag ska inte tala mer med henne, mumlade Karl.

– Bra. Då var det avklarat.

Gösta log stramt, rättade till sin fluga och vände på klacken och gick tillbaka in i skolbyggnaden igen. Kvar stod Karl, fly förbannad över att återigen stått som ett fån och inte vågat säga ifrån. Anna hade stått en bit ifrån, men hon kunde inte ha hört någonting. Hon nickade åt Gösta när han gick förbi och han hälsade artigt och gick vidare. Sakta smög hon fram till Karl, som stod kvar vid en liten lövhög med räfsan i handen.

– Vad var det där om, om jag får fråga? undrade hon nyfiket.

– Som jag sa tidigare, han gillar inte när jag talar med elever.

– Men, jag som fick uppfattningen att rektorn var en reko man, sa Anna snopet.

– Rektorn är inte vem som helst. Det är min far, suckade Karl och undvek Annas blick.

– Men... jag hade ingen aning! Så du menar att nu när jag äntligen har hittat en vettig person som det går att tala med, så får jag inte det? sa Anna nästan argt. Karl såg över Annas axel. Ingen skymt av Gösta, han verkade ha gått vidare upp på sitt kontor.

– Jag vill jättegärna träffa dig, du verkar vara en jättefin tjej. Men... jag vet inte om det går, tyvärr, sa Karl med besvikelse i rösten.

– Men! Om jag vill det ändå? sa Anna bestämt. Karl märkte väl att detta var en tjej som var van vid att få som hon ville.

– Om vi ska kunna tala med varandra så måste vi göra det i smyg hädanefter, sa Karl tyst. Anna såg frågande ut.

– I smyg? Okej. Men hur då? Var då? Jag tänker inte finna mig i att inte få träffa vem jag vill. Ingen ska bestämma över vilka jag träffar, sa Anna bestämt.

– Ingen fara, han kommer aldrig att säga ett ont ord till er, han går på mig istället.

– Men efter fyra på eftermiddagarna då? Då åker ju din far hem för dagen från skolan, då kan vi ju ses var vi vill här. Karl skakade på huvudet.

– Ingen får se oss tillsammans. Det finns många här som kan skvallra. Om du bara visste vad folk springer med skvaller om till rektorn. Om minsta lilla. Och han älskar skvaller, ska du veta. Såhär går det till, att om far behöver få veta någonting så har han vissa elever han kan gå till som snokar reda på saker åt honom. Som tack talar han med de elevernas lärare och ser till att de får bättre betyg.

– Men vad hemskt! Så man kan alltså skvallra sig till ett högre betyg här? Så får det ju inte gå till! utbrast Anna.

– Nej. Men det är tyvärr så det funkar här. Rektorn – min far, är falsk och elak. Han gör allt för att locka hit fler elever så att han och mor kan tjäna mer pengar och ju finare namn på eleverna desto bättre rykte får Solbacken. Förstår du?

Anna stod och funderade.

– Förlåt mig Karl, men jag tyckte väl att rektorn var lite väl inställsam mot mig om jag ska vara ärlig.

– Jag vet, han är sån, sa Karl och började se nervös ut. Gösta skulle kunna ha hunnit upp på sitt kontor nu och kanske skulle han kunna titta ut genom fönstret när som helst.

– Säg en plats så träffas vi där! Något ställe där varken han eller någon annan elev kan upptäcka oss, sa Anna ivrigt. Hon förstod att de måste avsluta samtalet nu, innan Karl råkade ut för trubbel. Karl funderade en stund.

– Vet du var Svanparken ligger? undrade han. Anna nickade något osäkert.

– Jag tror det. Ann–Sofie pekade på ett ställe där hon sa att det fanns en vacker park en bit härifrån, men att det låg utanför skolans område och att man inte fick vistas där. Kan det ha varit Svanparken hon menade?

– Ja det är det! Hinner inte tala med dig mer nu, men… jag återkommer på lunchen! sa Karl och gick iväg åt andra hållet. Kvar stod Anna med frågande blick.

Lunchen? Vad menar han? Då äter ju alltid rektorn samtidigt som alla elever, hur ska Karl lyckas tala med mig då utan att rektorn märker detta? Att rektorn var far till Karl! Vilken överraskning. Men varför är han så sträng mot honom? Det finns väl ingen anledning? Karl verkar ju nästan rädd för honom, han såg verkligen nervös ut innan.

Skolklockan ringde. Rasten var slut och Anna gick in igen och hämtade sina skolböcker och gick in till klassrummet. Hon kände sig ensam. De andra tycktes alltid ha någonting att prata om, men hon gick alltid för sig själv. Inte ens Ann–Sofie verkade vilja prata med henne längre, vilket hon tyckte var synd. De som verkade komma så bra överens innan. Anna drog en djup suck när hon satte sig i skolbänken.

Visst finns det killar som är söta här på skolan, men de verkar ganska larviga allihop. Omogna och barnsliga. De gör ju inget annat än att flamsa och spela fotboll på rasterna. Karl däremot, han verkar vara så lugn och sansad. Mogen på ett helt annat sätt än de andra killarna även om de är i samma ålder. Dessutom är han den ende killen som vågar prata med mig. Varför är det så? Är det för att jag kommer från Gävle och pratar annorlunda än vad de flesta gör här? Eller retar de sig på att jag råkar ha ett speciellt efternamn? Det måste väl finnas fler som har adliga efternamn på den här skolan? Eller?

Det blev lunchdags. I matsalen hade alla elever, både killar och tjejer samma matkö, men därefter gick de till skilda bord och satte sig. Anna hade kommit fram till mattanten som delade ut maten. Idag var det tydligen strömming med potatismos. När hon blev serverad moset, var det någon som trängde sig in bakom henne.

– Ursäkta, jag ska bara ta en gaffel, hörde hon en röst säga.

Anna hörde på rösten vem det var, men när hon fått sitt mos och skulle vända sig om mot Karl, så hade han redan gått iväg bort mot sitt bord. Hon blev något förvånad över att han inte sa någonting annat än "ursäkta". Inte ens ett "hej". Hon gick bort och satte sig bland sina klasskamrater, med huvudet riktat mot bordet där Karl brukar sitta, precis som hon brukade göra. Efter bara en kort stund fick hon ögonkontakt med honom. Han grimaserade med munnen den här gången, men hon förstod inte riktigt vad han sa. Det var inte ordet "hej" eller "god dag" och inte någon längre mening utan det verkade som om han bara sa ett enda ord. Eller sa han "vi kan"? Nä… Anna började äta av sin lunch innan någon såg att hon hade ögonkontakt med Karl och han gjorde likadant. Fem minuter senare fick de ögonkontakt igen. Karl gjorde en diskret gest med fingret. Anna såg att han pekade nedåt och formulerade något med munnen igen.

Vad då "vi kan" och peka nedåt? Vad menar han? Jag fattar inte! Vänta, säger han "fickan"? Min ficka?

Anna sneglade runtomkring på sina klasskamrater men ingen av dem märkte att hennes blick var riktad bort mot lärarbordet och mot Karl. Hon kände efter i sin vänstra ficka på skoluniformen. Det låg någonting där som inte fanns där tidigare.

En hopvikt lapp! Har Karl lagt i den där? Såklart! När han sträckte sig över mig i matkön och tog en gaffel, vad dum jag är! Att jag inte fattade!

Hon smög diskret upp lappen och öppnade den i knät under bordet så att ingen annan kunde se. Visst var det från honom! Anna hade aldrig fått något varken brev eller lapp från någon kille innan. Hennes händer darrade något när hon vecklade upp lappen och började läsa.

"Anna! Möt mig ikväll vid Svanparken klockan 18.00. När du kommer fram till parken via den lilla skogsstigen, titta åt vänster. Där ser du en liten damm. Framför dammen står det några gamla ekar och en parkbänk. Se till att ingen ser var du går. Jag väntar på dig där! Vänligen, Karl"

Anna blev varm inombords när hon läste lappen. Hjärtat gjorde dubbla slag.

Han vill träffa mig ikväll! Måtte jag hitta till den där parken bara… Det lär inte vara så mörkt när jag går dit, men kanske när jag går hem. Men då går väl Karl med mig, hoppas jag?

Under lektionerna följande eftermiddag kunde Anna inte koncentrera sig. Allt hon tänkte på var vad hon skulle göra ikväll. *Äntligen lite spänning i mitt tråkiga liv. Visserligen var det väl tillräckligt med spänning att flytta närmare trettio mil mot min vilja. Bara för att far ska bli direktör på ett annat företag. Bara för att han ska kunna tjäna ännu mer pengar än vad han redan gör. Bara för att han vill bättra på släkten Wadenstiernas fina rykte ännu mer. Och mor, stackaren. Hon hade förstås ingenting att säga till om, det var bara att* hänga med. *Men hon har förstås ingenting emot att tjäna ännu mer pengar så att hon har ännu mer att skryta om med sina väninnor. Kunde de inte ha tänkt lite mer på mig då? Alla mina vänner som jag hade hemma i Gävle då? När ska jag få träffa dem igen? Så lätt är det inte att bara få nya. Men det fattar ju inte far. Undra hur det ska gå ikväll, det blir spännande. De andra eleverna lär inte märka om jag försvinner en stund. De lär vara upptagna med att ha sina tråkiga poesikvällar. Jag har minsann hört deras dikter de läser upp om kvällarna, de är inget bra. Vem som helst hade kunnat skriva bättre dikter än dem. Ingen har ens frågat om jag vill vara med i deras poesigrupp. Måste man förtjäna att vara med där eller? Jag hade ändå inte velat vara med. Hellre tittar jag på när killarna spelar poker. Nä, tjejerna kan minsann sitta där och läsa sina löjliga dikter för varandra, jag ska minsann ha lite spänning ikväll! Hoppas det blir mysigt. Ingen aning om vad jag ska säga till Karl, men någonting kommer jag väl på. Han är ju inte den som pratar så mycket, så jag får väl föra samtalen, antar jag. Men han verkar så mysig. Nästan lite mystisk med sin mörka röst och sitt lugn. Stilig är han med. Tänk om... tänk om... nä det är för tidigt att tänka så. Vi får se vad som händer ikväll. Hur som helst så ska det bli kul att bara komma ifrån Solbacken en stund och komma ifrån de här falska tjejerna. Borde det inte finnas någon tjej som är vettig här? Tids nog kanske jag får lite kontakt med någon...*

Äntligen tog sista lektionen för dagen slut och Anna gick upp för stentrappan och vidare till sitt rum som låg en bit bort i den ekande korridoren. Hon ställde upp sina skolböcker snyggt och prydligt bredvid de andra i bokhyllan i sin del av rummet som hon delade med Britta Wallin. Hon skyndade sig att byta om från skoluniformen till sina egna kläder och gick sedan vidare bort till matsalen tillsammans med Britta. Under middagen som serverades mellan klockan 17–18 såg hon inte till Karl. Den enda vuxna hon såg förutom mattanten var Ulla Malm, som var den enda städerskan på Solbacken. Anna hade inte pratat med henne men hade studerat henne på håll och hon verkade vara en mysig gammal dam som nog inte hade många år kvar till pension. Hon log åt alla hon mötte och verkade trivas med sitt jobb. Det hände att hon pratade med eleverna också och eleverna verkade gilla henne. Hon verkade inte komma ifrån trakten, även om hon talade värmländska som folk gjorde här i Filipstad, men den var bredare och ibland nästan svår att höra. Hennes arbetspass brukade sluta när eleverna har ätit middag och hon hade städat i matsalen. Samma visa sex dagar i veckan.

Anna var inte särskilt hungrig, men åt några smörgåsar med ost och mjölk till. Direkt efteråt gick hon tillbaka till sitt rum. Där drog hon borsten genom håret några gånger och lät håret vara utsläppt. Sedan tog hon på sig sin ytterrock och gick ut från huvudbyggnaden på skolan och vidare längs grusgångarna ner till idrottshallen. Vid några tillfällen vände hon sig om för att se om någon såg henne, men de enda personerna hon såg till ute så här dags var fyra grabbar som sparkade fotboll på planen bredvid idrottshallen, men de gjorde ingen notis om henne. Till Britta hade hon bara kort sagt att hon skulle ta sig en kvällspromenad. Det var klart och kallt väder ute. Solen skulle om bara en liten stund sjunka ner borta vid horisonten och det skulle sedan mörkna ganska fort. Åtminstone i skogen mellan Svanparken och Solbackens byggnader. Bakom idrottshallen följde hon den stigen som tillhörde en del av löparspåret ända tills hon kom fram till en hästhage. Där korsade hon hagen och kom fram till den grusade bilvägen som svängde åt vänster på andra sidan hagen. Efter bara ett hundratal meter gick en liten grusväg ner på höger sida. En liten vit skylt satt uppsatt vid vägkorsningen där det stod "Svanparken" med slitna bokstäver. Det sluttade svagt neråt. Granskog byttes mot lövskog och ängsmarker. Egentligen var det inte så värst långt ifrån skolan, bara man visste vägen, tänkte hon medan hon gick längs den lilla krokiga grusvägen. Vägen tog plötsligt slut framme vid en liten parkeringsplats och hon såg att en stig ledde vidare ner mot en damm. Anna förstod att hon var nära nu. Stigen ledde fram till dammen och grenade sig till både höger och vänster. Hon kom ihåg vad Karl hade skrivit på lappen, något om att titta till vänster så skulle det finnas stora ekar där samt en parkbänk.

Omgivningen häromkring var vacker. Ingen mörk granskog som hon nyss hade gått igenom. Här växte björkar, lönnar, enar och ekar borta till vänster, precis som Karl hade beskrivit. Stora öppna ytor med högt gräs och små buskar lite här och var. Marken var täckt av gula löv här och var. Hösten hade verkligen kommit tidigt i år. Dammen låg spegelblank framför henne. *Men var är Karl någonstans?* Anna började trevande gå mot vänster och snart såg hon ekarna. De var stora och tjocka, säkert tiotalet stycken. Ett stenröse syntes en bit bakom dem och försvann in i gläntan. Hon fortsatte fram mot ekarna. Där satt någon på en parkbänk och såg ut mot dammen i solnedgången. Det var Karl. När han hörde hennes fotspår vände han sig om mot henne. Hastigt reste han sig upp och log.

– Jag trodde inte du skulle komma!

– Men det gjorde jag. Såklart! Jag vill ju träffa dig, sa Anna och log tillbaka. Stämningen blev något stel. Helst av allt hade Karl velat ge henne en kram, men det var för tidigt ännu. Istället pekade han med handen mot bänken.

– Kom och sätt dig här. Här brukar jag sitta ibland och bara se ut över de härliga vyerna. Ser du! Alldeles strax går solen ner bakom kullarna där borta och solstrålarna speglar sig så fint över dammen när det är vindstilla, som ikväll, sa Karl och log. Anna satte sig på den gamla parkbänken bredvid Karl. Hon såg att han hade en korg med sig. Den verkade vara packad med någonting och överst i korgen låg en filt.

– Så det här är den berömda Svanparken? frågade Anna, trots att hon visste svaret.

– Det här är Svanparken. Jag tror inte det finns något vackrare ställe i hela Värmland, sa Karl.

– Det tror inte jag heller! Att det bara finns sådana här platser, helt otroligt. Och ändå så nära Solbacken. Karl såg på Anna.

– Jag var inte säker på att du hann äta, eftersom vi skulle ses här klockan sex. Tänkte att det kanske blev knappt om tid, så jag tog med mig lite, ifall du var hungrig. Anledningen till att jag ville att vi skulle ses här just den tiden ser du framför dig. Jag ville inte att du skulle missa detta, sa han och såg ut över dammen och vidare mot kullarna som fanns långt där borta.

– Åh, du valde verkligen helt rätt tid! Detta skulle jag vilja se varje kväll, suckade Anna som verkligen tycktes uppskatta den vackra omgivningen i parken.

– Menar du verkligen att du tog med mat för min skull? undrade Anna.

– Ja självklart. Jag var inne hos mattanten tidigare idag och bredde skinksmörgåsar. Men jag visste ju inte riktigt vad du gillar, så jag tog lite kex och äppeldricka med. Hoppas att du blir lite mätt av det åtminstone? sa Karl och såg allvarligt på Anna.

– Men åhh, var rörd jag blir nu! Jag hann faktiskt äta lite innan, men jag var inte särskilt hungrig. Men jag tar gärna en smörgås och äppeldricka, sa Anna. Karl dukade upp det han hade med sig. De åt och småpratade lite under tiden.

– Jag tog med mig en termos med kaffe också. Jag tänkte att det kanske kan passa bra nu när det börjar kyla på. Dricker ni kaffe?

– Snälla, säg du till mig! Och ja jag dricker kaffe, skrattade Anna. *Jag har aldrig varit med om att en kille kan vara såhär omtänksam och snäll. Detta är ju nästan för bra för att vara sant! Han verkar veta precis vad en tjej vill ha. Åtminstone vad JAG vill ha. Och vilket romantiskt ställe!*

Anna mös där hon satt på parkbänken bredvid Karl. Solen hade gått ner bakom kullarna för en bra stund sedan och det började bli mörkt.

– Nu skymmer det snabbt, men jag ser fortfarande ditt ansikte, sa Anna.

– Jag visste inte hur länge vi skulle stanna här, men jag tog med mig en fotogenlampa från min vaktmästarskrubb, sa Karl och tog fram lampan från korgen och tände den. Ett varmt, vackert sken spred sig omkring dem.

– Du har då tänkt på allt ikväll! sa Anna och la handen på hans. Om skenet från lampan hade varit lite starkare hade hon sett att han rodnade.

– Vad tycker du om Solbacken såhär långt? Trivs du?

– Jo, där väl okej här. Fast ska jag vara ärlig så har jag längtat tillbaka en hel del till mina vänner hemma i Gävle, suckade Anna.

– Gävle? Så det är därifrån du kommer. Jag kunde inte riktigt placera er... din dialekt. Det ligger väl en bra bit härifrån? Är det nära Stockholm?

– Nja, det är nog två timmars bilresa till Stockholm, sa Anna.

– Men hur kommer det sig att du började på Solbacken? Har hela din familj flyttat hit?

– Ja. Jag är enda barnet. Far fick jobb som direktör på den där stora fönsterfabriken i Hagfors. Då tyckte han att Solbacken kunde vara lämplig för mig.

– Jaha. Men har ni flyttat till Hagfors nu då? undrade Karl.

– Nä vi bor lite utanför Hagfors. Mot Filipstad till. Tanken är att jag ska komma hem varannan helg och bo här på Solbacken övrig tid. Anna huttrade till lite och Karl såg på hennes smala armar. De var knottriga och han förstod att hon frös. Han tog snabbt upp filten som han hade lagt i korgen och la varsamt över den på Annas axlar.

– Stackare, jag ser att du fryser. Misstänkte att det skulle kyla på ganska snabbt nu när det är klart väder.

– Men åh, vad gullig du är! Tack snälla.

– Ingen orsak. Du kanske vill att vi drar oss hemåt?

– Hem? Aldrig i livet! Jag stannar mycket hellre kvar här och umgås med dig än att ligga i sängen på rummet tillsammans med min tråkiga rumskamrat Britta, sa Anna bestämt.

– Vad bra! Jag stannar också gärna kvar här ett tag till. En liten stund till kan vi stanna innan det blir för mörkt.

– Men du själv då? Hur länge har du varit vaktmästare på Solbacken?

– Sedan far och mor öppnade skolan för ett par år sedan. Jag... jag misslyckades med antagningsprovet, så jag har ingen behörighet att läsa här. Efter en rejäl utskällning så såg far chansen att utnyttja situationen, så han erbjöd mig ett jobb som vaktmästare här på skolan. På så vis slapp han ju anställa någon annan. För jag har ingen vidare lön direkt…

– Hmm, jag förstår. Men kan du inte söka arbete på annat håll då? Där det är bättre betalt.

– Du känner inte far. Om jag ens skulle föreslå det så skulle han försöka hindra mig från att få jobbet, allt för att ha kvar mig som billig arbetskraft. Han skulle inte dra sig för att gå så långt som att kontakta den arbetsgivare jag sökte hos och tala skit om mig, så pass att arbetsgivaren inte tycker jag är intressant längre. Dessutom har jag ingen utbildning. Jag kan egentligen ingenting, förutom att jag råkar vara ganska händig och teknisk av mig. Så jag passar väl ganska bra som vaktmästare antar jag, suckade Karl och försökte sig på ett krystat leende. Anna lyssnade med stora ögon på Karls berättelse. När han sedan tystnade böjde hon sig lätt fram emot honom.

– Jag ska berätta en hemlighet. Jag faller inte för killar med mycket pengar eller fint jobb. Jag faller för sådana som har hjärtat på rätt ställe och är en gentleman. Sådana killar faller jag för! sa Anna och blinkade med ögat och log. Karl blev alldeles varm i bröstet och sträckte på sig omedvetet. Samtidigt visste han inte vad hans skulle svara på detta.

– Det börjar bli både mörkt och kallt nu. Det kanske ändå är dags att gå tillbaka? sa Karl.

– Jo, det borde vi nog.

Anna hjälpte Karl att packa ihop termosen och de andra sakerna i korgen igen. Ovanför dem lyste nu fullmånen och dess starka sken fick de gamla ekarna att lämna långa skuggor efter sig. Sakta började de gå tillbaka längs den lilla stigen igen. De gick längs grusvägen och genom hästhagen och vidare in i den mörka granskogen på löparspåret. Plötsligt kände Karl Annas kalla lilla hand som trevade efter hans. Han tog emot den och kramade den mjukt. Ingen sa någonting, de bara fortsatte sakta gå tillbaka mot Solbackens byggnader igen. På vissa ställen stack det ut grenar från stora granar som de fick ducka för. Dessa var lätta att se på dagtid i fullt dagsljus men nu när det var mörkt och endast månljus var grenarna svåra att se. Karl gick ett halvt steg före Anna. Han hann precis se den stora grankvisten som stack ut framför honom i ansiktshöjd och duckade instinktivt. Anna däremot såg den inte och fick en bit av grenen rakt över ögonbrynet. Hon skrek till lätt och stannade.

– Hur gick det?!

– Jag fick en gren rakt i ansiktet, sa Anna och tog sig för ögonbrynet.

– Men oj! Träffade den dig i ögat? undrade Karl oroligt.

– Nä, strax ovanför. Det svider. Tror det blöder, sa Anna och tog sig för ögonbrynet med fingret.

– Det är för mörkt, jag ser inget men fingret känns blött. Jag tror jag blöder lite faktiskt...

Fan också! Vilket dåligt slut på en annars så lyckad dejt! Det enda Anna kommer att minnas av vår dejt är väl att hon blev skadad av en gren. Hur ska jag kunna rädda det här? Det går nog inte. Men jag måste plåstra om henne innan hon går tillbaka till sitt rum, stackaren.

Karl tog upp en ren näsduk ur fickan och gav till Anna.

– Här! Håll den här näsduken mot ögonbrynet så att du inte får blod på dina kläder. Vi går förbi hos mig i min lilla skrubb. Jag har plåster där.

– Visst. Tack! sa Anna något skärrad och tryckte näsduken mot ögonbrynet. Karl tog ett bättre tag om Annas hand nu och de gick försiktigt sista biten på löparspåret innan de kom ut på den lilla stigen som ledde upp bakom idrottshallen.

Åh! Det var ju inte såhär kvällen skulle sluta! Vilken klant jag är. Ska det vara så svårt att se upp för grenarna? Karl kanske tycker jag är klumpig nu... Det svider och näsduken känns blöt, måste vara blod. Vad mysig hans hand känns! Stor, varm och go. Nästan synd att vi är framme, för jag vill aldrig släppa den! Vilken kille han är som vill plåstra om mig! Fast hade han inte brytt sig så hade jag nog blivit lite sur.

De var framme vid hans lilla rum nere på gaveln av förrådsbyggnaden. Utan att skramla för mycket tog Karl försiktigt upp sin nyckelknippa ur högra byxfickan och låste sedan upp sin ytterdörr. Utanför på gaveln ovanför dörren lyste en ytterlampa. Nu som först kunde han se Annas ansikte klart för första gången på säkert en halvtimme. Hon höll handen för ögonbrynet med näsduken. Den var blodig. Hon såg besvärad ut men gav honom ett tillgjort leende när hon mötte hans blick.

– Kom så går vi in och tittar på det där, viskade han. Anna följde med in i den lilla lägenheten, eller skrubben, som han kallade det. Karl gick före in och tände snabbt lampan i taket och i köket. Det var inte stort där inne, så hon förstod nu varför han kallade det för skrubb. En liten hall där man kunde få plats med ett par– tre skor samt en krok för ytterkläderna. Direkt till höger fanns ett pentry med fönster med utsikt ner mot idrottshallen och skogsstigen där de nyss kommit ifrån. Rakt fram fanns en dörr med ett hjärta på och hon förstod att det var toaletten. I pentryt fanns en dörröppning utan dörr. Där inne kunde hon se hans säng. Det såg rent ut. Möblerna och köksinredningen var gamla och slitna, men hon såg ingen smuts någonstans. Golvet var av trä. Det doftade gammalt. Inte unket eller smutsigt, bara gammalt.

– Kom och sätt dig på köksstolen så ska jag ta fram ett plåster! Anna gjorde som han sa. Karl drog fram en kökslåda och tog fram ett skrin.

– Jag gör illa mig hela tiden, så den här förbandslådan besöker jag ofta. Det är nog bäst att vi tvättar rent såret lite först, sa han och hällde lite vätska ur en liten brun glasflaska på en bomullstuss. Anna kunde inte se vad det stod på den men hon förstod att det var något slags desinfektionsmedel.

– Nu kommer det att svida lite, sa Karl och började lugnt och försiktigt att badda såret med vana händer. Först ryckte hon till lite när det sved men det gick över snabbt. Anna såg på honom i smyg. Hon såg att han visste vad han gjorde och hans ögon såg lugna ut. Hon trivdes i hans sällskap. Hon gillade att vara nära Karl, trots att de knappt kände varandra. Snart hade han gjort rent såret. Det var inte stort och det hade inte varit särskilt mycket blod på näsduken, men han misstänkte att hon som var

41

tjej inte var van att skada sig så mycket, därför tog han det mycket varsamt och försiktigt.

– Det har slutat blöda. Jag sätter på en liten bit plåster som du kan ta bort i morgon bitti. Det där läker ihop på några dagar och jag tror inte du kommer få något ärr, sa Karl och såg på Anna. Hon smekte honom på kinden.

– Tack. Du är så snäll och omtänksam. Sådana killar som du växer verkligen inte på träd. Förutom den här lilla incidenten så har jag haft den bästa kvällen på länge. Jag vet inte hur jag ska kunna tacka dig? sa Anna och såg upp på honom med sina sammetslena ögon.

– Jag… tror jag vet ett sätt…, sa Karl och flyttade sig lite närmare Anna. Hon förstod vad han menade och hade ingenting emot hans idé. Kyssen blev öm och försiktig. Anna hade kunnat stå kvar där i Karls lilla kök och kysst honom hela kvällen, men hon var tvungen att dra sig tillbaka innan de andra tjejerna skulle börja undra vart hon hade tagit vägen.

Kapitel 4

Ett dygn senare låg Anna i sin säng och stirrade upp i taket. Det var lördag. Hon hade just ätit lunch och väntade på taxin som skulle köra henne hem till deras nya hus utanför Hagfors. Det var långt ifrån alla elever som blev hämtade med taxi, men Anna var en av dem. De flesta andra blev hämtade av föräldrarna, eller så tog de buss eller tåg till sina hem. Hennes rumskamrat Britta Wallin skulle inte hem denna helg. Hon hade valt att stanna kvar på Solbacken för att plugga till kommande veckas prov. Hon sneglade på Anna.

– Det var värst vad du ser glad ut då. Ska det bli så kul att komma hem? sa hon kort.

– Det är inte därför jag är glad, sa Anna och fortsatte le.

– Jaså? Har du spanat in någon kille?

– Kanske det. Men du får inte säga något. Lovar du?

– Jag lovar! sa Britta som inte hade sett såhär upphetsad ut sedan hon berättade för Anna om hur hon hade försökt sätta ihop en Shakespeare–pjäs för ett par år sedan.

– Okej då. Vi är inte tillsammans eller så. Men vi var på en dejt igår kan man säga. Efter dejten så kysste han mig!

– Säg vem det är! sa Britta, om möjligt ännu mer upphetsad.

Det är Karl. Han som jobbar här på skolan, du vet, sa Anna upprymt.

– Jaså han. Vaktmästaren. Britta såg nästan besviken ut.

– Men du vet att Ann–Sofie också är kär i honom, va?

– Va? Nä det visste jag inte, sa Anna fastän hon hade haft sina aningar.

– Hon har flirtat med honom i över ett år nu. Men han verkar vara svårflörtad. Men inte för dig, tydligen... sa Britta och snörpte lite på munnen.

– Men... du som kommer från en fin familj, jag menar du är ju adlig och så har jag hört... Jag menar, det finns ju gott om killar här som kommer från rika familjer. Men Ann–Sofie däremot, henne har jag mer förståelse för, men inte trodde jag att du skulle falla för en kille som Karl. Han är ju söt och så, men... sa Britta nästan besviket.

– Du, jag bryr mig faktiskt inte om killarna jag faller för har pengar eller inte! Är pengar verkligen så viktigt för dig? Är det inte viktigare att killen är en vettig person? sa Anna klart irriterad.

– Fast det är väl ändå viktigt att den man gifter sig med kan försörja dig? sa Britta. Anna såg på henne förvånat.

– Men vad är det för ett äktenskap om du lever rikt men med en man som inte du är kär i?

– Ja det är klart. Men jag menar bara att...

Anna hörde något som lät utanför. Hon såg ut genom fönstret och ner på gårdsplanen. Hennes taxi hade kommit.

– Vi får fortsätta den här diskussionen en annan gång. Jag måste åka nu, vi ses i morgon kväll, sa Anna kort och tog sin resväska och gick ner till taxin.

Det tog kanske max en halvtimme innan hon var hemma på sin nya adress utanför Hagfors. Här hade hon inte hunnit spendera särskilt mycket tid sedan de flyttade hit. Hon var inte direkt överförtjust i huset. Tydligen hade förra direktören till fönsterfabriken bott här och huset var allmänt känt i Hagfors som "direktörsvillan". Huset var stort och ganska flott men något äldre än det hon hade vuxit upp i hemma i Gävle. Det hängde en stor kristallkrona i entrén när man kom in. Vissa rum var redan möblerade när de flyttade in. Här fanns ett särskilt rum som var avsett som bibliotek och matsalen var flott inrett med stora mörka tavlor med gamla gubbar på. Den stora punsch–verandan luktade svagt av cigarrök från förra ägarna och Anna brukade rynka på näsan när hon gick igenom den. Hennes rum var en trappa upp. Ännu var inte alla hennes tillhörigheter uppackade, även om hennes mor och deras hushållerska hade börjat hjälpa henne. Hon gick upp för den flotta, breda trappan och vidare in till sitt rum. Sängen som enligt henne stod själv på fel sida väggen, var bäddad med ett överkast på. Här hade hon bara hunnit sova två nätter. Resten av tiden hade hon sovit i sin nya skola. Hon satte sig på sängkanten och suckade.

Vad kallt det är här inne. Har inte far satt på värmen på övervåningen? Så det är här, på direktörsvillan, som jag kommer att bo när jag inte bor på skolan? Kommer jag verkligen att kunna trivas här? Allt känns så nytt och så främmande. Så skrämmande på något vis. Det är andra dofter här än i mitt gamla rum hemma i Gävle. Det knakade lätt i trappan när jag gick i den, märkte jag. Badrummet här är större, fast inte finare än det gamla. Mor verkar så stressad. Kanske inte så konstigt med tanke på vad allt med flytten har inneburit. Hon ville väl inte heller flytta, den stackaren, det har jag nog förstått. Men vad har hon att säga till om? Hon tiger och håller med, som vanligt.

– Anna?! Älskling! Middagen är serverad, kommer du ner?

Det var Karin, Annas mor som ropade nere från bottenvåningen. Anna svarade inte utan reste sig sakta från sängen och gick ner. Hon var egentligen inte hungrig, men hon visste att hennes far inte skulle acceptera att inte alla var samlade kring middags–bordet. När hon kom ner till matsalen satt han redan där, Sigvard Wadenstierna, Annas far. Den grå kavajen var uppknäppt och i västen låg det sedvanliga fickuret nedstoppat i den lilla fickan. Guldet på kedjan blänkte. Hans kraftiga grå mustasch bar vax i ändarna. Håret var som alltid välkammat. När Anna tänkte efter hade hon nog aldrig sett honom i smutsiga eller enkla kläder, alltid propert klädd, oavsett tid på dygnet. Om kvällarna bar han alltid den röda sidenmorgonrocken på sig med tillhörande skinntofflor. Ofta med en konjak av något fint märke i handen. *"En riktig gentleman ser till att klä sig ordentligt och inte som någon jäkla tattare"*. Likadant var det för Karin och henne själv. När hon var liten och ramlat och slagit upp en reva i byxorna slängdes de direkt och köptes nya. Att lappa och laga några kläder var det inte tal om. *"Att laga kläder kan medel–klassens folk göra. Vi som har råd, vi köper nya kläder när de är trasiga"*, var en annan fras som hon hade hört både en och två gånger genom åren.

– Nä men se man på! Vad skådar mitt norra, om inte min enda och bästa favoritdotter! Välkommen hem får man väl lov att säga. Men vad har hänt med dig, har du gjort illa dig? undrade han när han såg Annas lilla plåster över ögonbrynet.

– Jag gick emot en gren på skolområdet bara.

– Jahaja. Där ser man, så kan det gå när man är oförsiktig. Det läker nog snabbt, ska du se. Hur har veckan på Solbacken varit? sa Sigvard och sken upp som en sol när han såg sin Anna komma in i den stora matsalen.

– Tack. Det har faktiskt varit bra, sa Anna och gick fram och kysste sin far något tvekande på kinden innan hon satte sig ner.

– Jamen det låter väl lysande! Hur är lärarna på Solbacken? De ska vara utmärkta, enligt vad rektorn sa till mig när vi språkades vid för ett par månader sedan, fortsatte Sigvard. Anna såg förvånat på honom.

– Talade far med rektorn i telefonen innan jag började?

– Självklart. Du tror väl inte att mor och jag sätter dig i vilken struntskola som helst? Nä du! Min dotter förtjänar att gå på en bra skola. Vi hade ju tankar på Lundsberg för dig som du vet, men konkurrensen där är stenhård och du lär ha större chanser att få bra betyg på Solbacken. Och med handen på hjärtat så fattas det väl en aning engagemang i ditt studerande för att nå upp till den yttersta kulltoppen, sa Sigvard och harklade sig lätt. *"Vi hade tankar på Lundsberg…" Men jag då? Har jag ingenting att bestämma om? Det är precis som vanligt, far och mor planerar om min framtid, utan mig. Varför kan de aldrig fråga mig om vad jag tycker? Är de så säkra på att de alltid vet bäst? Jag är faktiskt nästan vuxen nu, så lite borde jag faktiskt få vara med och tycka till om. Men beslutet om Solbacken blev faktiskt bra. Mycket bra till och med.*
Sigvard petade på Anna.

– Hördu! Nu sitter du och dagdrömmer igen. Du ler, ser jag. Vad tänker du på min kära, om jag får lov att fråga?

– Ingenting, svarade Anna snabbt. Leendet försvann.

– Ingenting? Man kan väl inte le åt ingenting? Nå?

Anna visste att hennes far inte skulle ge sig förrän han fick ett svar av henne. Han var envis som synden. Det hade han alltid varit, Sigvard Wadenstierna.

– Jag tänkte bara på… att det verkar vara trevliga elever på Solbacken, svarade Anna. Hon ljög inte om detta, för hon tänkte på Karl. Om hon hade ljugit så hade Sigvard genomskådat henne på en gång, det visste hon så det var lika bra att tala sanning. Samtidigt kom Karin in med den stora skålen med potatis och bakom henne kom hushållerskan med köttfatet. Karin hade ännu inte vant sig med att ha en hushållerska i huset efter två år och litade inte helt på att hon skulle servera dem maten så som hon ville ha det.

– Men det var väl roligt att du har fått trevliga klasskamrater? inflikade Karin medan hon satte sig ner. Anna log lite till svar.

– Någon särskild du tänker på, log Karin och Anna förstod precis vad hon menade.

– Ja mor, det finns söta pojkar där.

– Se där ja! Du ser, den där skolan var visst inte så dum! utbrast Sigvard. Anna kunde inte låta bli att röd om kinderna.

– Det var ju trevligt att det finns söta pojkar att vila ögonen på, men tänk bara på att läxor kommer först, inflikade Karin.

– Ja, det är klart, mor, sa Anna och lutade sig något tillbaka när hushållerskan serverade köttet på hennes tallrik. Anna var tystlåten under större delen av middagen. Desto mer pratade Sigvard. Han hade mycket att berätta om det nya jobbet som direktör på fönsterfabriken. Han berättade med stolthet för Karin hur han hade tagits emot av personalen och att de minsann inte hade haft någon tidigare direktör som kom från en sådan fin familj som han gjorde. Vidare berättade han att han redan hade fått idéer om hur han kunde få fabrikens omsättning att växa och att han funderade på hur han kunde omstrukturera för att effektivisera företaget. Anna såg på sin mor att hon var måttligt road av vad Sigvard berättade, men hon höll god min och försökte se så intresserad ut som möjligt. Hon hade som vanligt sitt lätt gråsprängda hår vackert uppsatt och alltid samma guldörhänge som hon fått av Sigvard när de gifte sig. Hon var en stilig kvinna, Karin. Trots Annas relativt hårda uppfostran hade Karin aldrig höjt rösten åt Anna. Alltid varit tålmodig och en aning tystlåten. Tillbakahållen av Sigvard, hade Anna förstått på senare tid. Att Karin bara var från övre medelklassen talades det sällan om och det var någonting som Sigvard inte var helt tillfreds med. Men nu var hon en Wadenstierna och det hade hittills gett henne många fördelar i livet.

Efter maten gick Anna upp i sitt rum och fortsätta ställa iordning sina saker. Hon hatade oordning och ville helst ha klart sitt rum innan det var läggdags. Nerifrån kunde hon höra hur Sigvard blev allt mer högljudd ju mer han drack på sin konjak. Men han var på gott humör, hörde hon av hans tonfall mot Karin. Det blev kväll och Anna satte sig vid sin spegel och borstade genom sitt långa, blonda hårsvall. Funderingarna gick till den pojke hon inte kunde släppa ur tankarna, till Karl. Denne stilige kille som hade kysst henne för mindre än ett dygn sedan. Hon fick fjärilar i magen bara hon tänkte på honom. Han hade de finaste, brunaste ögonen hon någonsin hade sett, men det hon föll för mest var nog hans lugn och hans mogna sätt att vara. Inte som de andra stropparna till killar i skolan. Killar som alltid skulle skryta om vems pappa som var rikast. Så hade det varit i skolan under hela hennes uppväxt. Alltid samma skryt och snobbiga fasoner. Och ju rikare de var, desto märkvärdigare och fånigare var killarna. Hon brukade med avsmak se på hur tjejerna i klassen fjantade sig och gjorde sig till för de rikaste killarna. Det hade alltid varit hög status bland tjejerna att dejta rika killar. Men det var ingenting som imponerade på Anna. Det var väl därför som hon aldrig hade haft någon pojkvän, trots sitt vackra utseende. Aldrig fattat tycke för någon. Aldrig blivit kysst. Inte förrän i går kväll i en liten skrubb av en kille med de vackraste ögonen och det största hjärtat hon någonsin träffat på. Anna la handen på sitt bröst. Hon kunde tydligt känna hur hennes hjärta slog snabbare och hårdare när hon tänkte på Karl och hon förstod att hon var kär. Anna fortsatte plocka upp sina smycken ur en kartong, men det gick inte sluta tänka på Karl, den blyge vaktmästaren som fångat hennes hjärta och skickat in tusentals fjärilar i hennes mage.

Hur kunde det komma sig att inte andra tjejer flockas runt honom? Har de inte märkt hur snäll och rar han är? Nä, det är väl som vanligt, de går bara efter hur rika deras föräldrar är, eller vad de har för efternamn, förstås. Hur kan de ens tänka så? Men desto bättre för mig, då får jag ha Karl för mig själv. Men hur ska vi kunna träffas utan att någon märker det? Det vore en katastrof om hans far reda på att vi ses. Vi får väl fortsätta försöka träffas nere vid Svanparken. Där får vi åtminstone vara ifred, ingen hittar oss där. Synd bara att det är så långt att gå dit. Jag saknar honom redan, trots att jag träffade honom i går kväll. Det är lördag kväll nu och jag lär inte få en skymt av honom förrän på måndag. Den här helgen kommer att gå långsamt!

Det blir söndag och Sigvard och Karin höll på med att ställa iordning möbler i olika rum. Anna hörde hur de diskuterade hur möblerna skulle stå och de verkade ha olika uppfattningar om det mesta. Till slut orkade hon inte höra deras tjafs, utan klädde på sig sina ytterkläder och gick ut på en promenad. Direktörsvillan låg på en liten höjd, med utsikt över delar av staden. Tomten var stor och vacker och det växte både vinbärsbuskar, rönnar och några ekar här. Stora delar av marken var täckt av nedfallna löv och Anna kom osökt att tänka på Karl. Hon såg honom framför sig hur han stod där på skolan och krattade löv.

Stackaren. Kratta löv, vilket slit. För att inte tala om allt annat han verkar göra där på skolan. Fast han verkar trivas trots allt. Trots sin stränge far. Det kanske till och med är roligare än att sitta i en tråkig och mörk lektionssal och lyssna på lärare, som vi elever gör? Vad har han för ambitioner i livet egentligen? Vad vill han bli? Eller är han nöjd som det är? Alla andra bara talar ju om vad de ska bli när de blir stora och går ut skolan, hur de ska få något kontorsjobb på deras föräldrars företag, hur de ska bli chefer och direktörer, om hur många anställda de ska ha, om vilka fina hus de ska köpa. Men hur tänker Karl egentligen? Jag har inte hunnit fråga honom om det ännu. Men om han trivs som vaktmästare så ska han ju givetvis fortsätta med det. Så länge han trivs, så. Det är ju det viktigaste så klart. Jag undrar när jag får chansen att träffa honom igen. Tänker han samma saker om mig? Eller är jag bara en flicka i mängden av alla han träffar om dagarna? Skolan är ju full av söta tjejer. Nä, han verkar inte vara sådan. Gud, vad jag redan längtar tillbaka till Solbacken så jag får träffa honom igen!

Kapitel 5

Måndag morgon. Under natten hade det mulnat på och fram på morgonen hade det börjat dugga lätt. De flesta eleverna hade kommit tillbaka till Solbacken redan på söndag kväll. Karl hade gått och väntat hela dagen på att försöka få en skymt av Anna när hon kom i sin taxi på kvällen, men till sin besvikelse så kom hon aldrig. Bil efter bil kom de, föräldrarna och taxibilarna som släppte av sina barn på den stora grusplanen på Solbacken. Men Annas taxi dök aldrig upp. Sigvard tyckte att hans Anna kunde sova hemma natten till måndag och i stället åka taxi till Solbacken tidigt på måndag morgon, de bodde ju ändå så nära. Anna hade inte varit lika pigg på det, då hon hade sina förhoppningar om att hon kunde hinna träffa Karl en liten stund på söndagskvällen. Men hon vågade inte säga emot Sigvard.

Regnet tilltog allt mer och Karl höll sig till inomhussysslor. Det fanns ett rum på andra våningen som skulle tömmas och städas ur. Tanken var att det här så småningom skulle bli rum för två nya elever. Han hade hunnit flytta ut hälften av bråten ut i korridoren när skolklockan ringde ut för förmiddagsrast. Längre bort i korridoren såg han hur eleverna från Annas klass kom ut från ett klassrum och vidare bort till de allmänna utrymmena. Nyfiket spanade han efter Anna. Han kunde numera namnen på de flesta i klassen. Han såg Lise–Lotte, Beatrice, Ann–Sofie och till slut även Anna komma ut från klassrummet. Med flit skrapade han en stol på stengolvet så att han skulle uppmärksammas. Ljudet fångade Annas uppmärksamhet och hon tittade bort mot rummet där Karl befann sig. Han stelnade till i hela kroppen när hennes blick mötte hans och han visste inte vad han skulle göra nu. Men han kunde andas ut, för Anna såg sig hastigt om och tassade så diskret som möjligt bort till honom.

– Hej Karl! sa hon och log med hela ansiktet.

– Hej! Har du haft en bra helg? undrade han och bad till Gud att inte Gösta skulle upptäcka dem nu.

– Jodå, den har väl varit okej. Men... jag har tänkt mycket på dig, viskade Anna.

– Har du? På mig? frågade han och blev röd i ansiktet. Anna nickade ivrigt och log igen.

– Jag har saknat dig. Jag har tänkt på när vi sågs nere vid Svanparken. Och på vad som hände efter att du plåstrade om mig.

– Så... så du ångrade inte att det hände då? Kyssen menar jag?

– Nej, verkligen inte!

– Inte jag heller, sa Karl och såg sig oroligt om. Han såg varken någon lärare eller Gösta i närheten, men han förstod att varje minut de sågs tillsammans var en risk.

– Vi ska nog inte ses här tillsammans. Ja, du vet ju hur far är. Men vill du ses lite senare idag. Efter skolan och när vi har ätit middag?

– Gärna. Men var då? undrade Anna. Karl funderade.

– Vad sägs om borta vid lusthuset bakom gymnastiksalen? Det borde vara säkert. Det regnar ju idag och jag tror inga andra är ute då. Dessutom vetter inga elevrum åt det hållet, sa Karl.

– Javisst, ska vi säga klockan sex?

– Det gör vi. Klä på dig varmt bara så du inte fryser.

– Jag lovar. Bäst att jag kilar nu, vi ses ikväll, sa Anna och tog honom hastigt på armen innan hon gick iväg till de andra. Längre bort i korridoren stod Ann–Sofie Vestholm. Hon hade sett att Anna hade stått och pratat med Karl. Hon kokade inombords av svartsjuka. Hon som hade försökt få någon form av kontakt med Karl i flera månader utan att lyckas något särskilt vidare, såg nu hur Anna och Karl stod alldeles tätt intill varandra längre bort i korridoren. Ann–Sofie tog upp sitt antecknings–

block och började skriva, sedan rev hon ur sidan hon skrivit på, vek ihop den och gick vidare bort i korridoren och upp till andra våningen. Hon tog sin lapp och sköt in den under dörren på rektorns dörr och tassade sedan snabbt ner till de andra.

Karl stod kvar en stund och följde Anna med blicken medan hon gick längs korridoren och bort till de andra. Hennes hår var i en lång fläta idag och den gungade lätt fram och tillbaka medan hon gick. Han kunde fortfarande känna en svag doft av Annas parfym. Han kunde ingenting om parfymer och hade ingen aning om vad den hette, men den doftade gott. Den doftade Anna. Han knöt näven och log för sig själv. Han tänkte på vad hon hade sagt.

Hon hade tänkt på mig i helgen och ville träffa mig igen! Det måste ju betyda att hon var nöjd med både dejten nere vid Svanparken och kyssen i min skrubb! Trots incidenten med grenen som rispade hennes ansikte.

Även om det kändes långt till klockan sex så gick det ändå snabbt att städa ur rummet, inte var det särskilt tråkigt heller nu när han hade något positivt att tänka på. Regnandet fortsatte hela dagen. När Karls arbetsdag var slut, gick han tillbaka till sin skrubb och bytte om. Han la sig på sängen och vilade en liten stund innan det var dags att gå upp och äta middag i matsalen med de andra. Fem minuter i fem reste han på sig, tog på sig sin regnjacka och gick upp till matsalen. De flesta hade redan kommit. Regnjackan hängde han av sig i kapprummet som låg direkt till vänster och gick sedan och tog en tallrik. Han kände igen Anna direkt. Hon satt med ryggen mot ingången men hennes långa blonda fläta gick inte att ta miste på. Tyvärr kunde han inte gå och sätta sig vid hennes bord, hur mycket han än ville. Han tillhörde personalen och var tvungen att äta vid personalbordet. På luncherna var det fler som åt vid personal–bordet men nu vid middagen så hade lärarna gått hem och kvar var endast de två mattanterna och städerskan, Ulla Malm. Ibland åt även Gösta om han behövde jobba över, men oftast åkte han och Birgitta hem.

Ulla pratade på som vanligt. Idag berättade hon för Karl om att hennes katt hade spytt hela natten och förklarade ingående på vilka ställen i lägenheten det hade hänt. Karl kunde inte bry sig mindre, men höll masken och försökte lyssna artigt. Idag ville han äta upp så snabbt som möjligt så han kunde komma hem och duscha och ta på sig rena kläder. Men Ulla pratade på om allt möjligt och tillslut var Karl tvungen att ursäkta sig och skyllde på att han hade huvudvärk. Han sneglade bort mot Annas bord, men hon var inte kvar. De flesta hade gått tillbaka till sina rum för att göra sina läxor. Han tog på sig sin regnrock igen och småsprang ner till sin skrubb. När han kom in tittade han på klockan. Fem över halv sex. Han skulle med råge hinna med en dusch och byta om. Tre minuter i sex låste han sin ytterdörr och började småspringa bort till lusthuset bakom gymnastiksalen. Det regnade ihärdigt men det var åtminstone vindstilla och hyfsat varmt ute. När han rundade hörnet av gymnastiksalen såg han att Anna redan var där. Hon satt med ryggen åt honom. Den lilla oron över att hon inte skulle komma ikväll försvann och han slutade småspringa och började istället gå den sista biten. Klockan var en minut i sex.

– God kväll! ropade han en bit innan han var framme, så att hon inte skulle bli rädd när han kom. Hon vände sig om och log, precis som hon gjort tidigare när hon fått syn på honom.

– Karl! Där är du ju!

– Här är jag. Jag beklagar den mörka och regniga mötesplatsen, sa Karl ursäktande.

– Ingen fara alls. Det kan ju inte du hjälpa att det är busväder ute.

– Vi kunde ju förstås ha träffats hos mig, men ibland så stannar far kvar efter jobbet och går förbi mig innan han åker hem. Jag vågade inte ta den risken.

– Jag förstår det. Det går lika bra att träffas här.

– Men jag såg att mor och far åkte hem för en stund sedan, så vi kan gå ner till mig om du vill? undrade Karl.

– För min det går det bra att sitta här. Ganska mysigt att sitta under tak ute när det regnar, sa Anna och drog bort sin huva från regnrocken. Karl såg att håret nu var i en tofs och hon hade bytt om från skoluniformen till sina egna kläder. Samma härliga svaga doft av hennes parfym slog emot honom och han tog ett extra djupt andetag och njöt. Han försökte snabbt komma på någonting att säga innan tystnaden som nu rådde blev allt för pinsam. Han harklade sig lätt.

– Vad vacker du är ikväll. Jag har nog inte sett dig i privata kläder sedan den dagen du anlände till Solbacken.

– Tack detsamma. Jag ser allt att du har vattenkammat dig, sa Anna. Karl rodnade och tittade ner i knät. Han var inte van att få komplimanger.

– Jo, det kan väl hända. Jag hann ta en dusch innan jag kom hit, svarade han.

– Du Karl, kan du inte berätta lite mer om dig själv? Jag vet ju inte så mycket om dig. Jag vet ju egentligen bara att du jobbar här på skolan och har föräldrar som också jobbar här. Och så vet jag att du är snäll, söt och omtänksam, sa Anna. Karl rodnade igen och tittade ner.

– Hm, vad vill du veta? Det finns nog inget intressant att veta om mig, sa han. Anna tänkte efter.

– Tja, hur var du som liten? Har du många kompisar? Vad brukar du göra när du är ledig, till exempel? undrade hon. Karl tog ett djupt andetag innan han började prata.

– Vad ska jag säga? Jag är väldigt bilintresserad. Jag tycker om att meka med fars bil. Det finns inget roligare än när far säger att bilen har gått sönder, för då brukar han be mig om hjälp. Han är för snål för att lämna in den på verkstad nämligen. För två veckor bytte jag startmotorn i hans Volvo. Så bilar är verkligen min stora passion. Vad ska jag säga mer? När jag var ett år så blev jag bortadopterad till Gösta och Birgitta. Jag är enda barnet i familjen. Mor och far, eller rättare sagt Gösta och Birgitta kunde inte få egna barn och att gifta sig och bilda kärnfamilj var ju viktigt, tyckte de. Därför adopterade de mig. Men Gösta hade svårt att acceptera mig som sin egen. Istället kände han avsky till mig nästan på en gång. Tyvärr märkte jag detta tidigt. Men det skulle ju se fint utåt med en kärnfamilj, så han bet ihop för

Birgittas skull. Jag fanns där i familjen som någonting som mest var i vägen, som ett nödvändigt ont. Istället för att älska mig som sin son så utnyttjade han mig till sin egen fördel. Jag fick vara hans lille slav och så småningom som vaktmästare på hans och Birgittas nya skola. Han har alltid sett till att göra fullständigt klart för mig vart jag kom ifrån och att jag var en odugling som bara ska vara tacksam för att de tog hand om mig. Gösta brukar ofta påminna mig om att mina riktiga föräldrar var lågt stående arbetarklass och suputer och att det inte kan bli så mycket annat av mig än just vaktmästare. Det har jag hört i hela min uppväxt. Någon gång i livet skulle jag faktiskt vilja träffa mina riktiga föräldrar. Kanske de inte dricker längre? Kanske de har skärpt till sig och skaffat sig jobb? Det tänker jag ofta på… Några direkta vänner har jag väl aldrig haft. Men det beror väl inte bara på mor och far, även om de inte velat att jag ska leka med vissa klasskamrater. Jag har alltid gillat att vara själv, så det har inte gjort mig så mycket att jag aldrig har haft en bästis.

– Nämen! Så tragiskt! Stackare, du har då verkligen inte haft det lätt, kan jag tänka mig, sa Anna och såg oroligt på Karl.

– Nä, det har väl inte alltid varit så kul att få höra att jag inte duger till någonting och att mina riktiga föräldrar var suputer av usel arbetarklass. Hur många gånger har man inte fått höra att man ska vara tacksam för att de adopterat mig, så jag slapp misären hemma hos en försupen arbetarklassfamilj… Såklart att jag lyssnade på dem, för jag vet ju inget annat. Jag trodde dem när de sa att jag inte dög till någonting men jag har verkligen varit tacksam trots allt. Tacksam för att få lägga mig mätt om kvällarna och för att ha en familj att växa upp i, det är ju inte alla barn som har. Men i tonåren så började saker och ting klarna och det hände att jag emotsatte mig Göstas order. Jag ifrågasatte saker som han ville att jag skulle göra, till exempel. Det resulterade i att jag fick stryk, fortsatte Karl. Anna såg förskräckt ut.

– Slog han dig?! utbrast Anna förskräckt. Karl nickade sakta.

– Fy fan vad stryk jag fick. Oftast när inte Birgitta såg, men även i hennes närvaro. Jag tror att han slog mig när han inte hade något bra motargument mot mig. Han visste att jag hade rätt men han vägrade erkänna, så istället slog han mig.

– Jag beklagar verkligen detta, Karl! Jag hade ingen aning om att han var sån, rektorn, sa Anna medan en tår rann ner för hennes ena kind.

– Äsch, det är ingen fara. Jag reder mig ändå. Jag har det ganska bra ändå. Man får väl försöka glömma det som varit och se framåt.

– Ja, man får väl göra det… Men hur är din mor då? Är hon lika elak som Gösta? undrade hon. Karl skakade lätt på huvudet.

– Nä. Men man kan väl knappast kalla henne för kärleksfull. Vad jag vet har jag aldrig fått en kram av mor. Inte av far heller. Jo förresten, jag brukar ta i hand för presenter jag får på födelsedagar och julaftnar, men det är den enda kropps-kontakten vi har haft. Fars örfilar räknas väl kanske inte… Av någon konstig anledning brukar jag alltid få väldigt fina presenter. Mycket finare än jag förtjänar. Men på senare år har jag förstått att anledningen till att jag fått så fina leksaker är för att släktingarna vid kalas och jul ska se att mor och far är bra föräldrar. Och även att andra barn och deras föräldrar ska se att de minsann har råd att ge sin son fina leksaker som jag lekt med ute på tomten, att de ska se att de där Martinssons, de har det gott ställt.

– Det tror jag visst att du förtjänar. Hur kan man vara så snäll och godhjärtad som du är, trots att du fått utstå så mycket? sa Anna medan ännu en tår föll från hennes kind.

– Gråt inte, Anna. Jag mår bra nu. Särskilt nu när du är här, sa Karl och torkade varsamt bort tårarna från Annas kinder. Det blev tyst en stund.

– Det var inte meningen att få dig att gråta, sa Karl bekymrat.

– Det är absolut ingen fara, jag bara tycker så synd om dig, sa Anna och snyftade. Karl log mot henne.

– Nu har jag berättat om mig. Kan inte du berätta lite mer om dig?

– Jo det kan jag väl. Vad vill du veta?

– Du kan väl börja med att berätta varför du sitter med just mig här ute i regnet. Du som är en av de vackraste tjejerna här på skolan, du skulle kunna få vilken kille som helst, men ändå är det jag som sitter här med dig. Jag får inte ihop det riktigt.

– Det är inte så konstigt egentligen. Den första gången jag såg dig så var det ditt fina ansikte jag reagerade på. Du tittade upp på mig ifrån grusgången med de där härligt mörkbruna ögonen. Du såg så snäll ut. Redan där kände jag att du var speciell. Redan där fick du mig att känna någonting. Jag blev nyfiken på dig och kort därpå så tappade jag min pärm i matkön så att mina papper åkte ut på golvet. Ingen annan verkade vilja hjälpa mig att plocka upp papperna, men du rusade fram till mig började samla ihop det jag hade tappat. Då började jag förstå att mina första tankar jag haft om dig verkade stämma. Du var en bra kille som inte bara var söt, du var omtänksam också. Och så det här du berättar för mig nu i kväll, att din far har slagit dig… Hur många hade orkat stå ut i alla år och ändå vara så snäll som du är? Om en person som har fått ta emot så mycket skit och kämpar med sina egna demoner och ändå har ork att vara snäll mot andra, en sådan person är alldeles speciell. Speciell, stark och modig. Jag beundrar verkligen dig. Hur många andra killar hade till exempel tagit med en tjej till ett vackert ställe för att visa naturen? Många andra killar uppskattar säkert också naturen, men få hade nog öppnat upp sig och visat de känslorna för en tjej på första dejten. Men det gjorde du och det tycker jag är väldigt modigt gjort. Där jag kommer ifrån imponerar man på tjejer genom att spendera mycket pengar på dem. Skryter genom att visa upp sin pappas bil till exempel. Eller talar om hur mycket pengar som finns i familjen. Många tjejer faller för sådant, men inte jag. Du blir mer och mer intressant för varje gång vi ses, Karl, sa Anna och log.

– Vi har inte suttit här i mer än en halvtimme och du har redan fått mig att rodna tre gånger, sa Karl.

– Det gör ingenting att du rodnar, jag tycker bara det är sött. Men för att besvara din fråga tidigare om att du ville jag skulle berätta mer om mig. Vad ska jag säga? Man kan säga att jag är född med silversked i munnen, så att säga. Som du vet, så heter jag ju Wadenstierna i efternamn. Jag kommer från en adlig ätt som har funnits i upplandstrakten i många generationer. Min farfar brukade till exempel spela bridge med kung Gustav V. Min uppväxt har alltid varit trygg och bra och jag har alltid fått det jag velat. Jag har varit riktigt bortskämd faktiskt. Men samtidigt har pressen vuxit på mig ju äldre jag blivit. Far har redan börjat tala om vilka familjer jag bör umgås med för att hitta min framtida make. Men ju mer far och mor talar om sådant desto mer motstridig blir jag. Jag vill kunna välja själv vem jag vill dela mitt liv med, men de håller inte med mig och vi brukar alltid bli osams när ämnet kommer på tal. Jag vet att far har höga tankar om mig och han vill att jag flyttar in till en lägenhet vi äger inne i Stockholm sedan när jag har gått klart skolan. Men vi är inte överens där. Jag är inte alls säker på att jag vill bo i Stockholm. Helst vill jag bo på landet och kanske äga några hästar. Dressyrsport är förresten någonting jag tycker om. Far tog med mig tidigt olika ställen där det arrangerades dressyrtävlingar och jag fastnade direkt för sporten. Givetvis ville jag ha en egen dressyrhäst, vilket jag fick. Jag tävlade själv en del för ett par år sedan, men skolarbetet tog upp mer och mer av min tid och intresset har mattats av något. Vi sålde den häst jag ägde när vi flyttade till Hagfors, men det gjorde mig ingenting, även om jag fortfarande älskar hästar. Ja, det var väl lite om mig…

– Du verkar inte så adlig av dig, sa Karl ärligt.

– Haha, det tar jag som en komplimang! Man rår ju inte för vem som är ens föräldrar.

– Nä, det är sant…

– Oj, förlåt! Jag menade inte…

Anna kände att hon klampade i klaveret.

– Det är ingen fara alls. Det är ju precis som du säger, att man inte rår för vem man är släkt med. Precis lika lite som du kan rå för att du är adlig, lika lite rår jag för att mina biologiska föräldrar är… alkoholister, sa Karl och såg obekväm ut.

– Den här kvällen blev visst inte riktigt så bra som jag tänkt mig. Jag lyckas visst hela tiden att få dig att känna dig obekväm! Jag ber verkligen om ursäkt för det. Jag ska nog gå tillbaka till mitt rum nu, sa Anna och började resa på sig. Hon kände sig totalt bortgjord och misstänkte att det inte skulle bli någonting mellan dem efter det här. Men Karl tog tag om hennes arm just som hon skulle resa sig.

– Vänta! Jag tycker att den här kvällen har varit jättebra, sa Karl. Anna såg förvånat på honom.

– Vad menar du?

– Det var ju det här som var meningen, att vi skulle lära känna varandra bättre. Tänk om du inte hade vetat om min bakgrund? Om du inte hade frågat om det så hade jag ändå berättat för dig förr eller senare. För det är ingenting jag hade tänkt dölja för dig ändå. Och jag är glad över att få höra om din uppväxt och hur du ser på saker och ting. Jag tycker att vi har gjort stora framsteg idag. Jag är glad att vi hade det här samtalet ikväll. Snälla, kan vi inte… prata en liten stund till? vädjade Karl. Anna såg på honom uppjagad min.

– Jag var rädd att jag hade gjort bort mig för all framtid och att du inte ville se mig något mer… snyftade Anna och satte sig ner försiktigt.

– Jag skulle aldrig förlåta mig själv om jag lät dig gå nu!

– Åh, Karl! sa Anna och slängde sig om halsen på honom. Kramen blev lång och den övergick så småningom till en ömsint kyss. Kvällen blev tillslut lika lyckad som de båda hade hoppats på, om inte bättre. Så småningom kände Anna sig tvungen att dra sig tillbaka till sin rumskamrat, innan hon skulle börja undra vart Anna hade tagit vägen. Anna hade sagt att hon skulle gå till en kamrat för att hjälpa henne med matematikuppgifter, men nu hade det gått närmare en timme sedan hon smet iväg och hon var orolig att de andra tjejerna skulle börja ana oråd. Karl var mer än nöjd med kvällen. Just denna kväll hoppade han över de sedvanliga armhävningarna och situpsen som han brukade göra varje kväll på golvet i sin lilla skrubb. Han hade annat att tänka på. Han hade oroat sig för hur Anna skulle hantera att han var en adoptivson och att han hade riktiga föräldrar som var misslyckade och alkoholiserade någonstans nere i Småland. Men hon hade tagit den saken med ro, vad det verkade. Kanske inte med ro, men hon blev inte avskräckt och gick därifrån i alla fall. När Karl släckte lampan för kvällen kunde han se Anna framför sig. Han kunde känna hennes härliga parfym när han blundade och han hade lite kvar av hennes läppstift på sina läppar. Så småningom somnade han med ett leende på läpparna alldeles ensam i sin lilla skrubb i en av byggnaderna på Solbackens internatskola.

Kapitel 6

Det var dagen efter Annas och Karls träff ute i lusthuset bakom idrottshallen. Regnet öste ner idag med, men Karl var i full färd med att byta däck ute på gårdsplanen. Rakt nedanför huvudbyggnaden där alla lektionssalarna fanns hade Gösta parkerat bilen. Det fanns ett garage för detta, men Gösta hade sett till att det stod andra saker där, så att Karl var tvungen att byta däck utomhus. Någon måste ha skvallrat för Gösta om dem. Någon måste ha sett de två tillsammans och retat sig på det och sagt till Gösta, som inte hade varit sen på att straffa Karl. En liten spik hade av någon outgrundlig anledning lyckats leta sig in i ett av däcken på Göstas bil just denna morgon. Naturligtvis hade han på ren jävelskap parkerat bilen så att alla elever kunde se hur han förnedrades ute i regnet med att byta däck. På andra våningen inne på rektorns rum stod Gösta och såg ut genom fönstret och ner på Karl. Med ett svagt leende på läpparna såg han hur sin son pinades ute i det iskalla regnet. Han såg hur Karl slant med det hala fälgkorset och envisades med att rätta till regnrocken som mest var i vägen för honom. Gösta böjde sig fram mot fönstret och rättade till sin fluga medan han flinade elakt. Karl kände hur eleverna stirrade på honom. Men vad hade han för val annat än att lyda sin stränga far? En tjej i Annas klass hade fått syn på Karl genom fönstret på första våningen.

– Åhh, titta! Stackaren, behöver han verkligen byta däck i det här vädret? utbrast Inger Sahlin. Ann–Sofie gick bort till fönstret och tittade ut, precis som flera andra. Ett brett hånflin lös upp hennes ansikte, vilket Anna la märke till. Hon la ihop ett och ett och förstod att Ann–Sofie hade ett finger med i detta. Det var hon som hade skvallrat för rektorn om henne och Karl.

– Vad flinar du åt egentligen?! Det är väl ingenting att flina åt? Ser du inte att han fryser och blir dyngsur där ute i ruskvädret?!

– Jo, jag ser det. Men han är faktiskt bara vaktmästare. Det är ju det han är till för – att fixa saker åt oss här på skolan. Och däck måste ju bytas även om det regnar, eller hur? Men varför reagerar du så starkt, Anna? Du tycker väl inte synd om honom? Eller är du rentav förtjust i honom? Du som har så fint efternamn borde väl hålla dig till andra pojkar med lite mer adligare namn? Inte tråna efter någon fattiglapp som slavar åt andra? Lika barn leka bäst, det ordspråket har du väl hört talas om? sa Ann–Sofie hånfullt och blängde på Anna. Anna blev så arg att hon blev alldeles röd i ansiktet och hade svårt att behärska sig. Helst av allt hade hon lust att springa fram och drämma till Ann–Sofie i ansiktet, men hon visste bättre än så.

– Du är så himla elak! Hur kan du ens klanka ner på Karl sådär?! Du är bara svartsjuk för att han är intresserad av mig och inte dig! Jag vet nog om att du har trånat efter honom i månader. Är det inte dags att acceptera att han helt enkelt inte vill ha dig? snäste Anna tillbaka. Ann–Sofies flin försvann lika snabbt som det kom. Just då kom lärarinnan in i klassrummet. Bråket avbröts och alla eleverna gick snabbt och satte sig i sina bänkar. Under hela lektionen tisslades det och tasslades det mellan eleverna och det verkade som om de flesta av dem stod på Ann–Sofies sida och några få av dem tog Annas parti. Stämningen resten av förmiddag var spänd. Karl som var van vid bilar hade snart bytt däcket på Göstas bil och fick andra uppgifter. Han hade känt sig så förnedrad för han visste att många av skolans elever hade sett honom i regnet genom klassrummens fönster. Det blev lunchdags och han ville inte möta elevernas blickar utan bara tog sin mat och gick och satte sig vid sitt bord. Han förstod att Anna måste ha sett honom där ute i regnet och han skämdes. Plötsligt såg han henne i matkön. På långt håll kunde man höra henne och Ann–Sofie diskutera högljutt. Det var nu flera elever, både tjejer och killar som reagerade på deras diskussion och många stannade upp med ätandet för att se på tjafset. Ända tills en lång kille från andra året, Lars Kvisth, reste sig och gick fram till Ann–Sofie och ställde sig på hennes sida och blängde på Anna.

– Hörrudu, nu får du allt sluta dryga dig här på skolan! Varför bråkar du med Ann–Sofie för? Jag tycker det är riktigt stöddigt av dig att komma hit som ny elev och ta ton. Tro inte att du är någonting bara för att du råkar heta Wadenstierna i efternamn! Du luktar nog fan skit i röven du med, tjejen! sa killen och blängde på Anna. Anna stod som förstenad och visste inte vad hon skulle svara. Killens kommentar kom så oväntat att hon blev överrumplad. Ann–Sofie stod och flinade bredvid killen och väntade på Annas reaktion. Karl hörde allt. Utan att tveka, reste han på sig och gick med snabba steg fram till Anna, Ann–Sofie och den långe killen.

– Tycker du att det är schysst att ställa dig och skälla ut en tjej mitt i matsalen? Låt tjejerna göra upp sitt bråk själva och lägg dig inte i! Ska du bråka med någon så bråka med mig istället! sa Karl som kokade av ilska. Nu blev det plötsligt dödstyst i hela matsalen. Till och med de båda kokerskorna stannade upp och lyssnade på bråket. Lars Kvisth blev först överrumplad när Karl rusat fram och tagit Annas parti, men nu ställde han sig med armarna i kors och stirrade ner på Karl.

– Jaså, vem kommer här springandes som en riddare på en vit häst till Annas undsättning, om inte vaktmästaren? Ska du inte vara ute och byta däck? flinade Lars. Det var droppen som fick bägaren att rinna över. Karl knuffade till Lars rakt i bröstet så han stapplade baklänges ett par meter. Nu var slagsmålet ett faktum. Lars tog sats och slängde sig fram mot Karl och riktade en rallarsving mot Karls ansikte. Smällen träffade rakt över ögat och han hamnade på golvet. Anna skrek till. Just då kom Gösta in genom dörren på matsalen.

– Vad är det som händer?! skrek han. Det blev helt tyst i hela matsalen. Grabbarna som nyss hade stått runtomkring och skrikit och hejat på slagsmålet satte sig hastigt ner igen. Karl reste sig sakta upp och höll sig för ögat.

– Karl! Vad är det som försiggår här inne?

– Ingenting, muttrade Karl. Med sitt friska öga såg han hur Lars smög iväg till sin plats igen.

– Ingenting va? Vad har du hittat på den här gången för fanstyg? Direkt efter lunchen vill jag se dig på mitt rum! skrek Gösta. Det var fortfarande knäpptyst i matsalen. Sakta men säkert började matkön röra sig igen. Karl visste ungefär vad som skulle hända. Hans far skulle skälla ut honom efter noter, ännu en gång och antagligen skulle han få någon form av straff. Men det var det värt. Han brukade inte stå upp för sig själv inför Gösta, men han hade stått upp för Anna och det var han stolt över. Aldrig i livet att han bara kunde ha suttit och tittat på när både Ann–Sofie och den där jävla Lars stod och skällde på henne inför alla i hela matsalen! Det var värt en käftsmäll och även en rejäl avhyvling av Gösta med. Med tunga steg gick Karl upp till Göstas kontor efter maten. Innan han knackade på gjorde han en snabb kontroll. Håret var kammat, han hade inga blöta kläder på sig, kläderna var rena och hela. Några saker mindre som hans far kunde klanka på. Ögat bultade på honom och han borde egentligen ha lagt en blöt och kall handduk på det svullna ögat. Snabbt testade han att hålla för handen över det andra ögat och bara titta med det svullna. Det var suddigt. Men han misstänkte att det skulle bli bättre om några dagar när svullnaden hade lagt sig.

– Kom in! vrålade Gösta när Karl knackade på dörren. Karl steg in och ställde sig ett par meter framför Göstas skrivbord med händerna vid sidan. Han visste vad som skulle komma att hända och visste att allt är över om några minuter, sedan kunde han gå ner och fortsätta med sitt igen. Eller skulle han våga säga ifrån den här gången? Skulle han sluta ta skit från sin far för en gångs skull? Han mötte Göstas ondskefulla blick. Idag var den inte nådig. Karl darrade lätt, men det var ingenting som syntes.

– Vad i helvete, Karl??! Hur mycket ska man behöva skämmas för dig egentligen? Se bara på dig själv. Stå här med ett svullet öga och se dum ut? Hur kan du stå och ta emot stryk av en sån som Lars Kvisth? Är han någon att vara rädd för? Ta emot stryk som en jävla kärring av Lars Kvisth? dundrade Gösta ilsket. Karl fattade mot till sig och svarade.

– Jag hade slagit tillbaka om inte…

– Tyst! Jag är inte färdig! Se bara på dig själv, stå där med svullet öga, som en riktig förlorare. Men det är klart, du är ju inte av mina gener heller, du kommer från något jäkla drägg nere i Småland förstås. Alltid ska man behöva skämmas för dig! Här ordnar man ett jobb åt dig och vad är tacken för det? Jo, du springer och svansar för en tjej som spelar i en helt annan division än du! Helt sanslöst… Du är för dum för att gå i den här skolan, det visade du ju tydligt på antagningstestet, men du duger till att ha som vaktmästare. Eller? Jag praktiskt taget äger dig, grabben, tänk på det. Utan mig så hade du varit en luffare, en usling utan arbete, en nolla, fattar du? Är detta tacken det, för att jag och Birgitta tog hand om dig och räddade dig från misären nere i någon jäkla knarkarkvart i Emmaboda? Det hade nog inte varit någon annan som hade velat ta sig an dig förutom jag och Birgitta. Vad hade det blivit av dig om inte vi hade offrat oss? Antagligen hade det blivit en suput av dig, precis som dina riktiga föräldrar? Men vi tog hand om dig, så att du fick mat och någonstans att bo. Du kanske hellre vill åka ner till dem och sätta dig och supa ikapp med dem? Är det det du vill? skrek Gösta så det ekade i rummet. Karl knöt nävarna av ilska så at det nästan krampade.

– Jag har ju sagt flera gånger att jag är tacksam över att ni adopterade mig. Jag har också sagt till både dig och mor att jag är tacksam för att jag fick det här jobbet, sa Karl sammanbitet. Men Gösta verkade inte lyssna, utan fortsatte sin sedvanliga utskällning.

– Jag kanske ska gå och lösa ut en enkelbiljett ner till Emmaboda på en gång? Blir du nöjd då? Du ska vara tacksam mot att vi adopterade dig!

– Jag är tacksam för det, det har jag talat om för dig och mor flera gånger! Hur många gånger ska jag behöva säga det? sa Karl och höjde nu tonfallet. Nu var han arg. Räckte det inte med utskällning snart? Samma visa varenda gång från Gösta.

– Tills du fattar! Tills du lär dig att göra som jag säger – utan att ifrågasätta mig! Tills du fattar att du ska ge fan i den där jäntan! Hon är ingenting för dig har jag sagt. När ska du begripa? Har jag varit otydlig på något sätt? Va?!

– Nej. Men jag borde få träffa vem jag vill och du kan inte hindra mig, svarade Karl trotsig tillbaka. Det fullkomligt brann i ögonen på Gösta.

– Det kan du ge dig fan på att jag kan! Du förstör ju skolans rykte, fattar du inte det? En adlig flicka som dejtar en vaktmästare? Solbackens rykte skulle ju bli helt smutskastat! Vi kommer ju aldrig mer få en elev som ansöker till vår skola om folk får reda på sådant här! Om du träffar Anna Wadenstierna en enda gång till, så… så…!

– Så vaddå? Slår du mig igen då?! skrek Karl.

– Ut härifrån!!! Försvinn ur min åsyn, din förbannade slyngel! Från och med nu så följer du med oss hem på eftermiddagarna. Jag förbjuder dig att sova över nere i din förbannade vaktmästarskrubb här på skolan, så du inte ränner efter Anna Wadenstierna nåt mer. Jag ska nog fan kunna se till att du får tankarna på något annat. Jag förbannar den dag då Barbro och jag valde fel unge när vi tog dig istället för någon annan! skrek Gösta efter honom så att det ekade i hela korridoren på andra våningen. Karl var så förbannad att han skakade medan han gick ner för trapporna och vidare ut i regnet och ner till sin skrubb.

Förbannade jävla gubbjävel! Jag hatar honom! Får jag inte ens sova över i skrubben längre nu heller? Inte nog med att jag träffar honom om dagarna, nu måste jag se honom om kvällarna med! Hur ska jag orka stå ut med det? Det här börjar bli ohållbart. Fan vad feg jag är, som bara står och tar emot hans skit. Hur mycket ska jag behöva tåla egentligen? Har han ens rätt att skrika på mig sådär? Varför slår jag inte bara till honom? Konsekvenserna skulle såklart bli att han avskedar mig. Och vad skulle jag då ta vägen? Jag som... som kanske inte är så smart att jag kan få något annat jobb. Ingen utbildning har jag heller. Jag skulle inte ha någonting att falla tillbaka på, jag skulle bli en uteliggare. Men ibland undrar jag om det inte är värt det ändå... Jävla Ann–Sofie! Allt är hennes fel! Har verkligen far rätt att hindra mig från att träffa Anna? Han kan inte hindra mig från det! Jag vägrar! Anna är den finaste tjej jag någonsin mött och ingenting i världen ska stoppa mig från att träffa henne. Ingenting!

Karl slet av sig ytterkläderna och skorna när han kom ner till sin skrubb. Han slängde sig på golvet och gjorde trettio armhävningar och när han var klar med dem, gjorde han lika många situps för att avreagera sig. Sedan gjorde han om båda övningarna igen och satte sig sedan flåsandes på sängkanten. Det bultade i hans öga men det gjorde inte särskilt ont. Det fanns mängder av saker han borde göra på skolområdet, men det struntade han i. Resten av dagen låg han i sängen och grubblade.

När klockan var fyra tog han de saker han hade packat ihop som han skulle ta med sig hem till Gösta och Birgitta och gick sedan upp till bilen. Ingen sa någonting i bilen på vägen hem. Även under middagen var det tystnad som rådde. När Karl la sig för att sova den kvällen så gick det inte.

Orden efter Göstas elaka ord ekade i Karls huvud. Han var så förbannad att han var nära att till tårar.

Även Anna hade en jobbig eftermiddag och kväll. Hon misstänkte att hennes rumskamrat Britta Wallin var på Ann–Sofies sida och sa därför ingenting speciellt till henne under kvällen på rummet. Hon la sig tidigt den kvällen och funderade över allt som hänt tidigare under dagen. Egentligen kände hon för att gråta, men hon ville inte bjuda Britta på den upplevelsen. *Jag visste inte att Karl var killen jag behövde i mitt liv förrän jag mötte honom. Han är den jag vill dela resten av mitt liv med, jag känner det så tydligt nu och då ska inte den där nedrans rektorn sätta käppar i* hjulen för oss. Han får bara inte det! Men om jag bjuder hem Karl till min familj så få far träffa honom. Jag tror nog att far skulle kunna tycka om honom. Karl behöver ju inte berätta på en gång att han är vaktmästare och brukar sova över på skolans vaktmästarskrubb. Om bara far få lära känna honom så tror jag säkert att de två skulle kunna komma överens. Då kommer far, precis som jag gjort, märka vilken fin kille jag har träffat. Tänk sedan om far kan säga några fina ord om Karl till Gösta, då kanske han ändrar sig och låter oss träffa varandra?

Kapitel 7

Under följande tre veckor utbytte de lappar med varandra. Först i matsalen i matkön, men då det var för riskabelt så hittade ett annat ställe de kunde byta lappar på. På skolans bibliotek fanns en särskild läshörna som ingen verkade använda. Längs ena kanten längst ner på bokraden gömde de sina lappar. Inte en enda gång under denna period sa de ett ord till varandra. Den fjärde veckan skrev Anna:

"Käre Karl, detta börjar bli ohållbart! Jag älskar att få varje brev du skriver och jag längtar till att få läsa dem varje dag. Men jag måste få prata med dig på riktigt snart! Jag vill kunna känna dig i min famn igen, jag längtar ju så efter dig! Men det kanske finns ett sätt vi kunde träffas på. Vad tror du om att jag bjuder hem dig till min familj? Jag skulle så gärna vilja få presentera dig för mina föräldrar. Jag skulle vara den stoltaste flickan i hela Värmland i så fall! Dessutom så skulle vi ju få vara tillsammans då. Kan du inte komma på ett sätt att få "låta bli" att åka hem till dina föräldrar någon helg? Kram Anna"

När Karl läste brevet i smyg nere i sin skrubb under lunchrasten blev han både överraskad och samtidigt brydd. Visst ville han träffa Anna på riktigt! Men hur skulle det gå till? Gösta hade ju tvingat honom att följa med hem varje dag efter att arbets-dagen var slut. Hela eftermiddagen gick han och funderade på ett sätt att slippa följa med sina föräldrar hem efter dagens slut och till sist kom han på det.

Att jag inte har tänkt på detta förut! Om jag låtsas vara sjuk, om jag hostar och säger att jag känner mig varm så vill de säkert inte att jag följer med hem till dem. Detta borde jag göra redan på en fredag, så att jag kan följa med Anna hem till hennes föräldrar. Det måste funka! Jag skriver om min idé till Anna i ett brev och ber att hon frågar sina föräldrar om hon får ta med mig hem någon söndag!

Tre dagar senare skrev Anna med stora bokstäver att hennes föräldrar mer än gärna bjöd hem honom på söndagsmiddag redan till helgen. När Karl läste detta blev han alldeles kallsvettig.

Jag har blivit ditbjuden redan nu på söndag! Idag är det torsdag förmiddag. Nu gäller det att handla snabbt. Om ett par timmar är det lunch och då kommer jag med all sannolikhet att träffa mor och far vid lunchbordet. Om jag redan då verkar vara lite nere och hostar lite så ser de att jag inte mår så bra. Sedan på fredag så fortsätter jag att hosta så fort jag kommer i närheten av far och jag kan säga att jag känner mig febrig. Han som är så larvig när det kommer till att bli smittad, han lär själv föreslå att jag stannar kvar här på skolan under helgen. Jag skriver detta till Anna! Om far mot all förmodan skulle tvinga hem mig ändå till helgen, ja… då vet jag inte hur Anna och jag ska kunna träffas. Vår plan måste helt enkelt gå i lås.

Under lunchen började Karl med sin plan. Han såg sin far som vanligt gå förbi alla i matkön och tränga sig före någon stackars elev som hade stått och köat i flera minuter. När Karl fått sin mat och satt sig bredvid Gösta började han hosta. Han märkte att Gösta sneglade irriterat ett par gånger mot honom, men låtsades som han inte såg det.

Det blev lördag lunch och denna gång hostade Karl ännu mer och stönade ett par gånger och försökte se allmänt hängig ut. En av lärarna frågade till och med hur han mådde, vilket han svarade på att han inte kände sig riktigt pigg. Gösta frågade inte hur han mådde, men sa att han ville att han skulle komma upp till sitt rum efter lunchen.

Nu jäklar, nu tänker han säga att han inte vill att jag följer med dem hem i eftermiddag. Det här kommer att gå bra, jag känner det på mig!

– Kom in! ropade Gösta i sin sedvanliga stränga ton, när Karl knackade på. När han gick in genom dörren passade han på att simulera en stor hostattack.

– Du låter ju som om du vore dödssjuk, såsom du hostar. Det är bättre att du stannar här över helgen, så du inte smittar ner mor och mig. Dina baciller får du allt behålla för dig själv!

– Okej, jag försöker vila upp mig under helgen, sa Karl och såg på Gösta med hängiga ögon. För säkerhets skull hostade Karl några extra gånger medan han gick ner för trapporna och ner till sin skrubb. Med raska steg gick han in till biblioteket och lämnade en lapp på Annas och hans hemliga ställe. Lappen hade han redan skrivit, då han var säker på att hans plan skulle gå i lås. På lappen stod det *"Planen fungerade! Vi ses på söndag klockan fyra! Kram, Karl"*.

Under söndagsmorgonen förberedde sig Karl genom att duscha, ta fram sina finaste kläder han ägde, vattenkamma sitt hår och raka sig så noga han bara kunde. Längst bak i det lilla badrumsskåpet stod en gammal flaska rakvatten. Han tog fram flaskan och hällde lite i handflatan och gned in kinderna. Fjärilarna i hans mage verkade aldrig vilja sluta flyga omkring och han började bli riktigt nervös. Hela morgonen hade han repeterat svar på möjliga frågor som Annas far skulle kunna ställa. För han ville ju kunna ge svar på tal, om så behövdes.

Han hade räknat ut att det borde ta närmare en halvtimme med moped att köra till Wadenstiernas hus. Det var december och det var kallt ute, kanske bara tre–fyra plusgrader. Några dagar innan hade det snöat men snötäcket hade smält bort redan dagen efter. Klockan blev tre och Karl var fullt påklädd, inklusive tjocka skinnhandskar och hjälm. Han fick absolut inte komma försent, därför började han åka lite sakta nu. Vägen dit hade Anna redan förklarat för honom. Sju minuter i fyra svängde Karl in på uppfarten till direktörsvillan där familjen Wadenstierna numera bodde. Innan han ringde på dörren drog han fingrarna genom håret en sista gång och rättade till sina kläder. Sällan hade han varit så nervös som just nu och medan han väntade på att någon skulle öppna, funderade han på hur hårt hans handslag skulle vara. Det fick inte vara för mjukt, för då kanske han skulle uppfattas som tafatt. Det fick heller inte verka för hårt, för då kanske det märktes att han var en arbetargrabb.

Det var Anna som öppnade dörren. Där stod hon, flickan han var förälskad i och hon stod där med vackert, blont och utsläppt hår med ett enda stort leende på läpparna.

– God dag Karl! Välkommen hit! Brr, det är ju iskallt ute! Stackare, du som har kört moped ända hit. Kom in i värmen! sa Anna. De hade inte setts på över tre veckor och hon ville helst bara slänga sig om halsen och kyssa honom, men det skulle inte passa sig att göra så för en Wadenstierna. I alla fall inte här, i deras hem. Medan Karl hängde av sig jackan steg Sigvard in i hallen med tunga steg.

– Nä men där har vi honom ju! Pojken som min dotter har talat så gott om, sa Sigvard och sträckte fram handen för att hälsa.

– God dag, herr Wadenstierna. Trevligt att träffa er, sa Karl så artigt han bara kunde samtidigt som han bockade djupt. Det här var fint folk han hade att göra med och han var lite osäker på hur han skulle bete sig, men han trodde nog att det hade gått bra hittills. Snart hade han även hälsat på Karin också och han fick ett intryck av att hon inte bara var en stilig dam utan också verkade riktigt trevlig. Han såg tydligt vem Anna hade ärvt de små skrattgroparna ifrån. Hushållerskan annonserade att middagen var klar och de satte sig till bords. Stämningen var förstås stel i början och Karl darrade lätt på handen när han skulle skära upp oxfilén, men ingen av de andra märkte det. Första halvan av middagen utbyttes mest artighetsfraser och om vädret och likande saker. Stämningen blev allt mer lättad och han började nästan känna sig bekväm. Anna och han bytte blickar emellanåt. Hon såg stolt ut, vilket gjorde honom lugnare. Karl ställde frågor om Sigvards arbete och om deras nya hus, för att verka intresserad, han gav komplimanger till Karin och han talade väl om Anna.

– Så, Karl. Anna har berättat att du arbetar på Solbacken, men hon har inte sagt mer i detalj om vad du sysslar med? Är du lärare? Idrottslärare kanske rentav? Du ser ju bred ut över axlarna och ser spänstig ut, må jag säga, sa Sigvard och grymtade lätt medan han tuggade. Karl tvekade, men kände att han måste säga sanningen.

– Jag arbetar som vaktmästare på skolan, sa Karl. Sigvard tystnade tvärt.

– Karl ser till att allt på skolan är helt och rent, försökte Anna flinka in. Resten av middagens frågor handlade om Karls barndom och om hans föräldrar och deras arbete och Sigvard blev alltmer tystlåten under middagen. Anna och Karin bytte några oroliga blickar under desserten. Middagen var slut och Sigvard kom med ett förslag.

– Vad säger du, Karl? Ska du och jag ta en liten promenad här ute i omgivningarna?

– Ja absolut, det kan vi göra herr Wadenstierna, sa Karl som började få upp hoppet igen om Sigvards gunst. De klädde på sig och började sakta att spatsera ner längs grusgången och vidare bort mot ett par andra byggnader som stod på den stora tomten. Sigvard letade fram en cigarill ur innerfickan från sin kavaj och tände den.

– Ni bor väldigt fint här, herr Wadenstierna. Jag tror säkert att ni kommer att trivas här utanför Hagfors, sa Karl. Men Sigvard svarade inte. Karl försökte igen.

– Jag är mycket förtjust i er dotter, ska ni veta. Som ni säkert förstår så kommer jag inte från en rik familj, men jag är en rättskaffens, ärlig och lojal kille. Jag… jag älskar verkligen er dotter av hela mitt hjärta och det har jag sagt till henne. Jag vet att hon känner likadant för mig, fortsatte Karl. Sigvard stannade plötsligt till.

– Jag ska säga det rakt ut Karl. Jag ska vara helt uppriktig mot dig, unge man. Min dotter är ingenting för dig. Er lilla romans kommer aldrig att hålla. Du förstår, min Anna har betydligt mer högtflygande planer än att slå sig till ro i Värmland med en vaktmästare, sa Sigvard och såg mycket allvarlig ut. Det var som om luften gick ur Karl. Han som trodde att han hade gjort ett gott intryck!

– Men! Herr Wadenstierna, vi älskar varandra! sa Karl i nästan desperat ton, men Sigvard bara fnös.

– Er lilla romans betyder ingenting. Jag vet ärligt talat inte vad Anna ser i dig, men jag vet att detta är övergående. Du är säkert en jättesnäll grabb, Karl, men du ska inte ha ett förhållande med Anna. Du förstår, allt är redan planerat för min dotter. När hon har studerat klart här på Solbacken så flyttar hon till Stockholm. Vi har redan en lägenhet där som hon ska bo i. Hon kommer att gifta sig med någon som har allt som inte du har, dvs stil, pengar, utbildning, klass och titel.

– Men...

– Inga men! Jag ska nu tala om för dig vad du ska göra, Karl. Du ska nu gå tillbaka till huset tillsammans med mig. Vi ska sedan avsluta kvällen på ett trevligt och värdigt sätt och sedan ska du tacka för dig och bege dig hemåt igen på din lilla moped. När du sedan träffar Anna på skolan i morgon så ska du tala om för henne att du inte älskar henne mer, att du inte vill träffa henne igen och att er lilla romans var ett stort misstag. Är detta förstått?

– Detta går jag bara inte med på! Anna bestämmer själv vem hon älskar, inte ni! röt Karl. Men Sigvard bara skakade nonchalant på huvudet.

– Lyssna, Anna kommer säkert att vara ledsen och gråta ett par dagar men sedan kommer hon att glömma bort dig och fortsätta koncentrera sig på sitt skolarbete. När skoltiden här är över så flyttar hon direkt till Stockholm och ni två kommer aldrig mer att ses. Är detta förstått?! frågade Sigvard och nu var det hans tur att höja rösten. Karl häpnades av vad Sigvard nyss hade sagt och detta var verkligen ingenting han var beredd på. Karl blev mållös och de gick snabbt tillbaka till villan igen. De avslutade kvällen precis på det vis som Sigvard berättade, på ett artigt och värdigt sätt. För han kunde ju inte ställa till en scen mitt framför Anna, för det skulle ju knappast hjälpa. Anna blev något förvånad över att han inte ville stanna en stund till efter deras promenad, men han skyllde på att det snart förmodligen skulle bli minusgrader och att han var rädd att köra omkull med mopeden. Hela vägen hem till skrubben på Solbacken var som ett enda töcken.

Vad har jag nyss varit med om egentligen? Vad var det som hände? Själva middagen gick ju jättebra. Eller? Men när jag tänker efter så blev herr Wadenstierna blivit alltmer tyst ju längre middagen pågick. Såklart! Han trodde väl att Anna hade tagit hem en kille som antingen gick på skolan eller hade ett arbete med lite mer status än vaktmästare. Men när han förstod vem jag var så tyckte han inte länge att jag dög till sin dotter. Jävla gubbe! Vad händer nu då? Kommer Sigvard tala om för Anna vad han tycker och tänker? Antagligen inte. Han lämpade ju över detta på mig. Han tyckte ju att jag skulle avsluta vårt förhållande. Så att det blir jag som blir syndabocken, inte han. Vad ska Anna säga när jag ljuger och säger att jag inte älskar henne längre? Fast det gör jag ju! Hon kommer att bli för-krossad! Jag vill inte sluta träffa henne och hon vill ju fortsätta träffa mig, det vet jag ju. Men jag kan ju inte gå emot Sigvard, han kommer ju tillslut genomskåda Anna. Fan, detta kommer ju aldrig fungera i längden att vara tillsammans med Anna. Kanske det enda rätta är att göra som Sigvard säger, att jag bryter kontakten med Anna för gott. För allas bästa. Sigvard kanske har rätt, hon förtjänar någon bättre och inte någon som jag, en vaktmästare utan framtid. Jag kanske till och med gör henne en tjänst genom att göra slut? Hon kanske aldrig skulle kunna bli lycklig med en fattiglapp som mig? Jag har ju ingenting att erbjuda henne annat än min kärlek till henne och det kanske inte räcker i längden? Hon kommer bli ledsen när jag berättar att jag inte älskar henne längre, men det kanske är det enda rätta? Men om vi två ändå inte har någon framtid tillsammans så är det lika bra att bryta nu.

Karl hoppade över kvällsmaten, han var ändå inte hungrig. Istället tog han fram ett papper och en penna och började skriva på ett kort brev till Anna, att det stod att de måste träffas snarast och att han hade något viktigt att berätta. Han tänkte minsann inte göra slut via någon lapp, han ville säga det öga mot öga, hur jobbigt det än skulle bli.

Det blir måndag och som vanligt vid första rasten så smög Anna iväg till biblioteket för att se om Karl hade lämnat någon ny lapp. Till hennes förtjusning hittade hon lappen som Karl lämnat där tidigare på morgonen.

"Anna! Jag vill börja med att tacka så mycket för middagen igår. Men jag behöver träffa dig så snart som möjligt, det är en sak jag behöver berätta. Det jag vill säga måste ske mellan fyra ögon. Var snäll och kom ner till mig när du har ätit lunch. Karl"

Anna var brydd. Hon tyckte brevet var kryptiskt skrivet och hon undrade vad han ville. Under lunchen försökte hon som vanligt få ögonkontakt med Karl, men han undvek hennes blickar. Efter lunchen gick hon med oroliga steg ner till skrubben och knackade försiktigt på dörren. Det tog inte många sekunder innan han öppnade dörren och bad att hon snabbt skulle kliva på. Han gick före in i pentryt och satte sig ner vid köksbordet.

– Vad är det Karl? Har det hänt något? Du verkar så nedstämd. Du skrev i brevet att du ville berätta någonting? undrade Anna oroligt. Karl svarade inte utan tittade bara rakt ner i köksbordet. Det var nu han skulle säga det. Han skulle ljuga sin stora kärlek rakt i ansiktet och tala om att han inte ville att de skulle träffas något mer.

Kapitel 8

Anna satt som förstenad och väntade spänt på vad Karl hade att berätta. Men han rörde inte en min. Istället satt han med händerna i pannan och stirrade ner i köksbordet. Sedan såg hon hur en tår ramlade ner från hans kind och landade på bordet. Karl hade gruvat sig för det här samtalet ända sedan han lämnat direktörsvillan i går kväll. Han visste vad han behövde säga. Men han kunde inte. Till slut brast det.

– Fan också! Jag kan inte! utbrast han. Anna satt som ett frågetecken mittemot honom vid köksbordet.

– Kan inte vaddå? Har det hänt någonting? undrade hon och la sin hand på hans arm.

– Ja det kan man säga. Blicken var fortfarande vänd ner i bordet.

– Men snälla Karl, berätta. Se på mig! sa Anna. Sakta lyfte han blicken. Ögonen var rödsprängda och han såg plågad ut.

– Som du vet så var jag och herr Wadenstierna ute och tog en promenad efter middagen igår.

– Ja, jag vet. Det verkade som om att ni hade haft trevligt?

– Jag önskar jag kunde säga det.

– Var det inte? Varför inte? Sa far något speciellt? Jag vet ju att han kan vara lite bestämd emellanåt, sa Anna trevande.

– Anna, din far vill inte att vi två träffas något mer. Under vår promenad så sa han till mig att jag skulle säga en viss sak till dig idag, men jag kan inte. Jag kan bara inte! Jag tänker istället berätta vad Sigvard sa till mig, så får du ta ställning själv, sa Karl och torkade bort en tår.

– Va? Vad är det han har sagt som gjort dig så ledsen, älskade Karl? sa Anna bestört. Karl tog ett djupt andetag.

– Sigvard tycker inte att jag duger som pojkvän åt dig. Han sa att när din skoltid här är slut så ska du flytta till er lägenhet i Stockholm och gifta dig med någon som är betydligt mer lämpad som man än mig. Han sa till mig att jag skulle ljuga för dig och säga att jag inte längre älskar dig och att jag inte vill att vi ska ses igen. Men jag kan bara inte göra detta, jag kan inte ljuga för dig! Jag vill ju visst fortsätta träffa dig, men han förbjuder oss att träffas!

– Va? Sa han så?! Det är så typiskt min far, att försöka bestämma vad jag ska göra med mitt liv! Han kan inte bestämma vem jag ska träffa eller inte. Karl, jag älskar dig och jag vet att du älskar mig. Jag tänker INTE lämna dig, oavsett vad min far tycker! sa Anna och ställde sig upp av ilska.

– Menar du verkligen det? Tänker du gå emot din fars vilja?

– Ja det tänker jag verkligen göra! Jag älskar dig av hela mitt hjärta och jag tänker inte låta far sätta några som helst käppar i hjulen för oss.

– Men hur ska vi göra då? Detta att vi bara kan skriva lappar till varandra känns ohållbart! Vi måste ju kunna träffas på riktigt om vi ska vara tillsammans, sa Karl.

– Vi ska fortsätta träffas, men i smyg. Vi måste tänka ut ett sätt. Håll ut, min älskling för jag vägrar ge upp dig! Låt oss komma på ett sätt, snyftade Anna. De omfamnade varandra en lång stund, ända tills skolklockan ringde. Det var dags för Anna att bege sig tillbaka in till lektionssalen igen. Lite senare knackade det på dörren igen. Karl gick och öppnade och utanför stod Gösta och blängde.

– Jag tyckte jag såg dig uppe i huvudbyggnaden innan?

– Ja, jag… tänkte att jag kunde låna en bok tills ikväll.

– Jaha. Men om du är uppe och ränner kan du väl inte ha feber längre, så i så fall orkar du väl jobba, snäste Gösta utan att fråga hur Karl egentligen mådde.

– Jo, jag har nog ingen feber längre, så jag kan jobba.

– Bra, här är en lista på veckans arbeten, sa Gösta och sträckte fram en lapp.

Ytterligare en vecka gick. Det var den trettonde december och Lucia. Karls mor Birgitta hade satt ihop en liten grupp tjejer som skulle gå luciatåg och en av tjejerna i tåget var Anna. Det hade snöat hela natten. Alla eleverna, lärarna och övrig personal satt samlade i matsalen tidigt på morgonen. Allt var nersläckt utom några stearinljus på borden. Utifrån kapphallen hördes låg sång och så småningom steg de sakta in och ställde upp sig framför publiken. Anna var förstås vackrast av dem alla och om Karl hade fått bestämma så hade hon varit Lucia. För vem kunde matcha den rollen bättre om inte Anna, med sitt långa ljusa och lockiga hår? Vem som skulle vara självaste Lucia hade det varit en omröstning om. Anna var ju knappast den mest populära tjejen, så hon hade inte heller räknat med att bli Lucia. Efter uppvisningen serverades det lussebullar och pepparkakor med saft eller kaffe till. Karl såg att Anna gick fram till kön med fikat. Han sneglade åt Göstas håll, men han var vänd med huvudet bortåt och Karl såg sin chans. Snabbt skrev han ner några rader på en lapp och gick fram till Anna och stoppade diskret lappen i hennes hand. Hon förstod att det var han och hon låtsades inte om honom, för att inte få någon uppmärksamhet.

Lite senare gick hon in på toaletten och läste vad som stod på Karls brev.

"Kära Anna, vad vacker du var i din luciaklänning! Självklart var du sötast av dem alla. Jag antar att du, precis som alla andra åker hem på jullovet nästa vecka. Det kommer att bli tomt här utan dig. Jag tänker stanna kvar här på skolan istället för att följa med hem till mor och far, det kan de ju knappast ha något emot, nu när alla elever lämnar skolan. Men jag undrar om du vill träffa mig en sista gång innan jullovet? I så fall, vad sägs om att ses under ekarna vid Svanparken på lördag klockan 17? Jag tänkte att jag kunde dra samma vals som sist, att jag är sjuk så jag kan stanna kvar på skolan i helgen. Kanske du kan göra samma sak? Kanske du kan ringa hem till dina föräldrar och

säga att du har feber och vill stanna kvar över helgen? Kram, din Karl"

Anna blev varm i hela kroppen av brevet. Visst ville hon träffas i Svanparken! Men det var bara ett problem. Det fanns bara en enda telefon på skolan och den fanns inne på Göstas kontor. Det gick ju knappast att be att få låna den för att ringa hem och säga att hon var sjuk, för då visste ju Gösta om att både hon och Karl skulle bli kvar i skolan över helgen. Hon funderade ett ögonblick och kom sedan på att hon istället skulle skriva ett brev hem till sina föräldrar, där hon talade om att hon hade fått feber och att hon skulle stanna kvar i skolan för att inte smitta ner dem. Brevet skulle hon sedan lämna till den sedvanliga taxibilen som brukade komma och hämta upp henne på lördagseftermiddagen.

Lite senare samma dag läste Karl svaret från Anna. Hon skrev kort att hon med glädje tackade jag till dejten nere vid Svanparken och att hon på något sätt skulle se till att bli kvar på skolan under helgen. Helt plötsligt fick Karl bråttom. Han hade mycket att stå i. Han skulle minsann bjuda Anna på ett mini–julbord nere vid Svanparken! Dessutom skulle han köpa henne en julklapp. Men vad? Att kunna ta sig in till stan i Filipstad mitt på dagen var inga problem. Allt han behövde göra var att säga till Gösta att han behövde köpa någonting, typ spik eller skruv eller nya skruvmejslar. Gösta skulle förstås muttra en stund och fråga om det verkligen var nödvändigt, men skulle sedan sticka till honom en slant så att han sedan kunde åka in till stan och handla med mopeden. Detta hade han gjort många gånger förr och det hade sällan inneburit några problem.

Planen gick i lås. Gösta gav honom en slant för att köpa en ny skruvmejsel samt olja till att kunna blanda i bensinen till mopeden. Skruvmejseln sa han att den hade blivit trubbig i kanterna, vilket Gösta köpte rakt av. Längst in under sängen inne i skrubben hade Karl gömt ett låst skrin. Där i hade han alla sina besparingar samt ett par urklippta pinup–bilder från en tidning han hittade i somras i ett utrymme inne i huvud-byggnaden på skolan. Fast det var inte mycket till besparingar han hade. Det var svårt att spara ihop någon större summa, med tanke på att hans far endast gav honom tre kronor om dagen. Karl hade hört att en normal lön för en vaktmästare låg på det dubbla. Men å andra sidan hade han gratis husrum i skrubben, så han klagade inte även om någon krona till om dagen inte hade skadat.

Äh, va sjutton! Här i skrinet gör pengarna ingen nytta, det är bättre att jag spenderar dem på Anna. Han tömde alla pengar han ägde och stoppade ner dem i sin plånbok. Sedan satte han av med mopeden in till stan. På vägen in funderade han på vad han skulle handla till Anna. Maten var i princip redan klar. Städtanten på skolan, Ulla Malm och Karl hade alltid kommit bra överens. Hon visste om hans och Annas romans och tyckte det bara var roligt att de träffades. Men hon höll tyst om det och skulle aldrig för sitt liv yppa romansen för någon om detta och Karl litade på henne. Ulla hade stått i tacksamhetsskuld till honom ända sedan Karl hade lagat en punktering på hennes cykel i somras. Men Karl hade bara tyckt det var roligt att få hjälpa henne, men han berättade aldrig senare att han hade fått en rejäl utskällning av Gösta. Han hade sett att Karl stod och lagade punktering på en damcykel och han hade frågat vems det var. När Karl hade svarat att det var städerskans cykel, hade Gösta blivit förbannad och menat på att Karl inte skulle lägga sin arbetstid på andras cyklar, utan istället ägna sig åt sitt eget jobb. En örfil hade utdelats och Karl hade blivit tvungen att lova att hädanefter sköta sitt och "ge fan i" andras problem.

Ulla hade lovat att smuggla ut lite mat från köket i matsalen åt Karl och ställa det nere i hans skrubb under dagen. Väl framme i stan parkerade han mopeden på torget. Aldrig tidigare hade väl han varit inne i en damaffär förut men det skulle bli ändring på det nu. Hela vägen in till stan hade han funderat på vad Anna möjligtvis skulle uppskatta att få. Naturligtvis hade hon uppskattat att få smycken, men hur mycket han än velat köpa en ring eller ett halsband så hade han inte ens råd med hälften av vad den billigaste ringen kostade. Därför funderade han på om han skulle köpa en tröja eller en blus åt henne, för det kunde väl ändå inte kosta så mycket? Han öppnade dörren till Konradssons Damkonfektion. Dörrpinglan klingade till när han steg in och genast kände han sig bortkommen. Hur ofta var det som tonåriga killar handlade damkläder? Det dröjde inte länge förrän en expedit kom fram och frågade om han ville ha hjälp, vilket han förstås ville. Kvinnan var trevlig och hjälpsam och visade honom flera blusar för flickor i hans egen ålder. Till slut hittade han en som han trodde skulle se fin ut på Anna. Men priset var inte riktigt vad han hade hoppats på, men köpte den ändå. Nästan allt sparkapital gick åt till blusen och han grämde sig något över det, men tyckte ändå att det var värt det.

Glad, pank men ändå belåten begav han sig tillbaka till Solbacken igen. När han kom in till skrubb så stod det en korg full med mat på köksbordet. Ulla hade varit förbi och lämnat lite åt honom, som överenskommet. Han tittade i vad som fanns i korgen och han log när han såg att det fanns revbensspjäll, skinka, Janssons Frestelse, sylta, köttbullar, korv och rödbetssallad. I korgen stod det även en glasflaska med en skvätt brännvin i. Brännvinet var såklart ingenting hon hade hittat i skolmatsalen och om han kände Ulla rätt så hade hon tagit med sig flaskan hemifrån.

Åh, Ulla! Du är världens bästa! Tack vare dig kommer jag att få en toppenkväll med Anna i morgon!

Det blev lördag och sista dagen i skolan innan alla kunde ta helg. Karl kände sin far bra. Varje morgon klockan halv åtta skulle han infinna sig på Göstas kontor och gå igenom vad som behövde göras. Om han inte var i tid så skulle det dröja som mest femton minuter innan han kom instormandes nere i skrubben och fråga varför han inte var i tid. Det hade bara hänt vid tre tillfällen innan och två av de gångerna hade han försovit sig och en gång hade han varit febrig. Det var nu återigen dags att låtsas vara sjuk. Han tyckte att han hade planerat sin "sjukdom" bra och han hoppades nu innerligt att inte Gösta skulle genomskåda honom. Nu låg han nerbäddad i sin säng men för bara några minuter sedan hade han hällt tvålvatten i ögonen och gjort så många armhävningar han kunde. Det dröjde ända till tio i åtta innan intensiva knackningar på dörren hördes. Gösta väntade som vanligt inte på att Karl skulle öppna, utan bara stövlade rakt in.

– Jaså, är det här du är! Varför har du inte klivit upp ännu? Har du försovit dig igen?! Du har jobb att göra, pojk! skrek Gösta när han såg sin son ligga i sängen.

– Snälla far, jag orkar inte idag. Jag är sjuk igen. Jag har feber tror jag, sa Karl och jämrade sig. Gösta såg skeptisk ut och tog ett par steg närmare rummet där Karl låg och nu såg han tydligt hur hans ögon var rödsprängda. Han gick fram och kände på hans hand och han kände att den var alldeles varm.

– Hm, ja du ser faktiskt ganska risig ut. Det var ju inte länge sedan du var sjuk ju, vad är det för dåliga gener du har egentligen? Eller äter du inga grönsaker? Jaja, bäst jag går så du inte smittar mig. Se nu till att du piggnar till så vi kan fira jul ihop. Jag ser till att någon kommer ner med mat till dig idag, sa Gösta och gick därifrån. Karl knöt näven.

Tjohoo! Han gick på det! Jag kommer att kunna spendera hela kvällen och morgondagen med Anna! Ha! "bäst att du piggnar till så vi kan fira jul ihop", det var det närmaste ett "krya på dig" han kunde komma… Men jag bryr mig inte, huvudsaken jag och Anna får en trevlig kväll i kväll. Hoppas nu bara hon kommer att gilla min julklapp. Annars har jag spenderat nästan alla mina sparpengar i onödan. Min julklapp är ju knappast i klass med vad hon brukar få av sina föräldrar, förstås. Men jag kan inte göra mer än att köpa för de få pengar jag äger. De som skulle gå till körkort så småningom. Nåja, det är väl bara till att börja spara igen, antar jag.

Det blev en dryg dag för honom. Att bara vara inne i en pytteliten lägenhet och bara vänta tills det ska bli eftermiddag var jobbigt. Samtidigt som det var lite nervöst, för tänk om Anna fick någon form av problem med att lämna brevet till taxichauffören? Tänk om Sigvard var med i taxin när hon skulle hämtas? Då skulle han ju upptäcka att hon inte alls var sjuk. Eller om hon helt enkelt fick andra tankar och valde att åka hem trots allt? Fast det trodde han inte. Så pass bra kände han Anna vid det här laget. Han åt lunchen som en av mattanterna kom ner med och han drack en kopp kaffe vid tretiden. Vid kvart över fyra skulle hans föräldrar sätta sig i bilen och åka hem till huset, men innan dess skulle antagligen Birgitta komma ner och genom dörröppningen önska trevlig helg och kanske ett "krya på dig" i bästa fall, medan Gösta satt utanför i bilen och väntade otåligt. För han hade ju redan pratat med honom tidigare under dagen. Karl kände sin adoptivfar allt för väl... Oavsett så måste han befinna sig i sängen vid den tiden, så de inte skulle misstänka något.

Klockan blev kvart över fyra, men ingen kom och knackade på. Däremot hörde han deras bil starta och lämna Solbacken. Även om han gärna hade sluppit Birgittas artighetsvisit, så kändes det i hjärtat att ingen av dem kom och önskade att han skulle krya på sig. Eller önska trevlig helg åtminstone. Men nu var tiden knapp. Nu var han tvungen att skynda sig ut i garaget med all mat och packning som han skulle ha med sig och bege sig ner till Svanparken. Antagligen så höll Anna som bäst på att göra sig iordning nu uppe på sitt rum. Den stackaren som skulle behöva ta sig till fots ända till Svanparken i snön! Men där nere skulle de åtminstone inte bli påkomna av någon av eleverna som skulle tillbringa helgen i skolan.

När han kom fram till Svanparken hade det börjat skymma. Här var det tomt på folk och skulle med all sannolikhet förbli så resten av kvällen. Kvällen var klar och aftonstjärnan hade redan börjat lysa. Temperaturen skulle snart sjunka några grader, men Karl hade förstås tänkt på det. Från pakethållaren på mopeden lyfte han av en stor trave med ved som han gjorde upp en liten eld med en bit från bänken mellan ekarna, samma bänk de en gång för inte så länge sedan hade sin första träff vid. Mitt på bänken la han fram en liten röd julduk och på den la han upp maten han hade fått av den snälla Ulla Malm. Under bänken ställde han flaskan med brännvin, samt två små glas. Han visste inte om Anna drack sådant, så han ställde det lite dolt så var tanken att han skulle ta fram brännvinet om det blir rätt tillfälle för det. Ulla hade även skickat med två flaskor med svagdricka. Kaffe hade han själv bryggt och hällt upp i en stältermos. När allt var uppdukat satte han sig ner på bänken. Det var vindstilla ute och det blev rök av andedräkten, men värmen från elden kändes ända till bänken där han satt.

Klockan är fem minuter i fem och Anna borde vara här när som helst nu. För hon kommer väl? Eller har jag gjort allt detta förgäves?

Klockan blev fem över fem och hon blev tio över. Nu började Karl bli orolig.

Fan också! Hon kommer inte. Hon måst ha följt med taxin hem. Hon struntade i mig den här gången. Hon kanske inte vågade ljuga för Sigvard. Lika bra att jag packar ihop på en gång, så jag slipper sitta här själv i mörkret. Men varför ville hon inte träffa mig? Har jag gjort något fel?

Förtvivlat satt han och såg ut över dammen, med vassen borta till vänster som nu var snötäckta. Den var fin att se på, men den hade varit ännu finare om han fick se på den tillsammans med Anna. Tusen tankar hann snurra i huvudet på honom och han var nu utom sig av sorg och smärta.

Just som han skulle börja plocka ihop hörde han hur fotsteg knastrade i snön lite länge bort. Han vände sig om och såg den person han allra helst i hela världen ville skulle komma. Han reste sig och gick och mötte henne med en lång kram. Anna lättade taget och kysste honom.

– Du kom! utbrast Karl.

– Skulle aldrig missa chansen att få träffa dig här! sa Anna och log stort.

– Förlåt för att jag valde att träffa dig ända här borta i parken, men här är vi säkra. Det är ju så långt och besvärligt att gå hit, särskilt nu när det är snö ute.

– Ingenstans är för långt för att träffa dig, sa Anna och såg honom djupt i ögonen. Sedan såg hon på elden som brann och på bänken där Karl hade dukat upp all mat. Hon tog sig för munnen.

– Men Karl! Du är ju helt otrolig! Det här var det mysigaste och mest romantiska jag någonsin har varit med om. Hur har du kunnat ordna fram all denna julmat? Och röd julduk och en brasa till oss?

– Äsch, man försöker ju så gott man kan, sa Karl och kände sig aningen generad.

De satte sig ner på bänken och började äta och han lät Anna sitta närmast brasan så att hon inte skulle frysa.

– Tror du många andra förälskade par har suttit just på den här soffan? undrade Anna.

– Jag vet inte. Det är mycket möjligt, för det är ju ett väldigt fint ställe.

– Det är ett otroligt vackert ställe! Tror du att de här ekarna är gamla? undrade hon och såg sig omkring.

– Ja, de är säkert flera hundra år gamla.

– Oj, så pass?

– Ja, och de lär stå kvar här i några hundra år till. Vi är nog inte det sista kärleksparet som sitter under de här ekarna, sa Karl.

– Jag tror också det är många par som har suttit och svärmat här, precis som vi. Hur har du hittat detta ställe egentligen? undrade Anna.

– Det var väl av en slump. Som liten så brukade jag cykla omkring ganska mycket och jag råkade hamna här en gång. Måste ha varit säkert tio år sedan. Jag fastnade direkt för den här platsen och särskilt just vid den här bänken. Det finns flera bänkar här längsmed dammen men bara just den här har två stora vackra ekar på var sin sida. Och bara just på den här platsen ser man solnedgången som allra bäst mellan bergen där borta. Jag minns att jag ställde min cykel här och satte mig och såg ut över den vackra dammen. Det var sommar och två svanar simmade borta i viken där borta, sa Karl och pekade.

– Jag kan tänka mig att det är extra fint här på sommaren, suckade Anna.

– Ja. Detta är mitt smultronställe. Det är lite mer folk som går förbi här om somrarna, men det är ändå inte särskilt många som åker hit. Om jag någon gång känner mig ledsen eller nedstämd, då brukar jag ta cykeln ner hit. Eller om jag är glad och vill bara sitta och fantisera och njuta av utsikten. Man kan bada här i dammen, det finns en liten brygga på andra sidan, men botten är lite dyig. Här kan jag få vara ifred och bara vara mig själv. När jag var mindre brukar jag fantisera om att när jag blev större, då skulle jag vilja sitta just här med en söt tjej och hålla om henne.

– Och nu sitter du här med mig! Hoppas att jag duger? sa Anna.

– Du är bättre än vad jag någonsin kunde drömma om! sa Karl och smekte henne på kinden. De var båda ganska hungriga och började så smått att äta.

Efter en bit in i måltiden böjde han sig ner och tog fram två små glas och flaskan med brännvin.

– Jag vet inte om du dricker sånt här, men jag tog med lite starkare dryck, ifall du ville ha en julsnaps? undrade Karl försiktigt. Annas ögon blev stora av förvåning och han anade att han kanske hade gjort bort sig genom att visa spritflaskan.

– Men oj! Jag har aldrig smakat sådant förut, jag är ju bara sjutton. Men du har smakat, antar jag? sa Anna.

– Ja det har jag. Men bara en gång. Far bjöd mig på en snaps förra Julafton.

– Gjorde Gösta det? sa Anna förvånat.

– Ja. Men det var nog inte för att vara snäll, utan för att se min reaktion när jag drack den. Det var starkt och det smakade verkligen inte gott, men jag gav honom inte det nöjet att se mig grimasera, så jag höll masken, flinade Karl.

– Vad elakt gjort av honom. Fast jag smakar gärna en liten. Det är ju ändå jul, sa Anna. Karl fyllde upp en skvätt i de två små glasen och skålade. Båda grimaserade när snapsen brände till i deras strupar och Anna hostade till lite och skrattade sedan.

De åt korv och rödbetssallad, skålade en gång till och åt mer julmat. De skrattade och pratade och tog en halv snaps till. Solen hade för länge sedan gått ner bakom bergen långt bortanför dammen och det var mörkt runtomkring dem. Men det glödde fortfarande i brasan och Karl reste sig och la på två pinnar till.

Genast blev det lite ljusare och då passade han på att ta fram sin julklapp.

– Jo, det är ju så att det snart är Julafton och jag antar att vi inte ses på hela jullovet, så jag tänkte att jag skulle ge dig en liten julklapp, sa Karl försynt och sträckte fram paketet. Anna tog sig för bröstet med båda händerna och såg med vädjande blick på honom.

– Åh, men Karl! Jag vet inte längre vad jag ska säga! Du överraskar mig varje gång vi ses. Inte trodde jag väl att du skulle gå och köpa en julklapp till mig!

– Men det har jag, sa han stolt.

– Ska jag vänta till Julafton, eller får jag öppna den redan nu?

– Det bestämmer du.

– I så fall vill jag gärna öppna den nu, sa Anna och började försiktigt öppna det fint inslagna paketet. När hon såg att det var en blus, blev ögonen fuktiga. Hon höll upp den och såg på den.

– Men HUR har du lyckats hitta en blus som är helt i min smak? undrade hon.

– Jag vet ju inte riktigt vad som är din smak, men jag vet vad jag hade tyckt varit snyggt på dig.

– Men älskling, den måste ju ha kostat dig en förmögenhet?

– Om du tycker om den så är det värt varenda krona, sa han och log.

– Jag älskar vad jag än får av dig! Tack så otroligt mycket! sa Anna och fick tårar i ögonen.

Jag ser att den ser lite för stor ut, men vad gör väl det? Det tänker jag inte berätta för honom, inte så lätt att välja rätt storlek. Men den var otroligt fin. Tänk att han har gjort sig besväret att åka in till stan och köpa en blus till mig! Han måste ha bearbetat Gösta på något sätt för att få smita ifrån och handla. Stackaren, hoppas att inte Gösta blev allt för arg. Tänk att jag har fått tag på en kille som gör precis allt för mig, trots att han inte har så mycket pengar. Usch, jag blir ju alldeles tårögd!

Karl misstänkte att det nog var svårt att låtsas vara så pass rörd att man gråter och han förstod att hennes känslor var äkta. Äntligen kunde han andas ut, för just detta ögonblick hade han både sett fram emot men också fruktat för. För tänk om hon inte alls tyckte om blusen? Hon kanske inte använder blusar över huvud taget? hade han tänkt.

Försiktigt la hon ner blusen i förpackningen igen, ställde sig upp och kysste honom passionerat en lång stund. Han märkte att Anna nog blivit en aning påverkad av brännvinet, men det hade även han själv blivit. Sedan såg hon på honom med en liten mer allvarlig min.

– Karl Martinsson, du tror väl inte att jag heller har glömt bort att det är jul snart? frågade Anna klurigt. Han skakade på huvudet.

– Det är väl klart att jag har köpt en present till dig med.

– Har du? sa han förvånat.

– Tänka sig att det har jag!

– Men det hade du inte behövt! Jag är så tacksam att jag får träffa dig, det räcker gott och väl, sa Karl. Anna grävde i sin innerficka på jackan och tog ur ett kuvert.

– Nä, jag kanske inte behöver, men jag vill! Här! God jul! sa Anna och räckte över kuvertet. Karl öppnade och när han såg vad det var så blev han alldeles rörd. Där i låg en helårsprenumeration på en biltidning. Anna visste att han var väldigt intresserad av bilar och tänkte att detta kunde vara en bra julklapp.

– Men Anna! Du är inte klok! Det är ju en helårsprenumeration! Tolv nummer! Ojojoj! Jag som har läst de fem gamla tidningarna jag har både framlänges och baklänges. Tack så hemskt mycket! utbrast Karl och kramade henne.

– Det förtjänar du. Du förtjänar varenda biltidning som finns i hela världen!

Efter en stund tog Karl och dukade undan. Vänligt men bestämt sa han till Anna att låta bli att hjälpa till, för det här ville han själv göra. Strax hade han hällt upp kaffe i två muggar och tagit fram två lussekatter.

Efter all mat dukade Karl undan och la på den sista vedträt han hade haft med sig. Det började kyla på, men de satte sig tätt intill varandra på deras bänk och tittade ut mot dammen och upp mot stjärnorna. De hade en stor filt om sig för att hålla värmen. Anna höll ett hårt tag om Karl och hon önskade att de kunde sitta såhär hela natten och småprata om allt möjligt. Att bara få höra hans lugna röst gjorde henne trygg. Karls arm hade börjat domna för länge sedan, men han skulle aldrig komma på tanken att släppa taget om sin käresta, om så armen skulle gå av. Att bara få sitta såhär tätt intill Anna och höra hennes röst gjorde honom varm. Detta var den bästa jul han någonsin hade varit med om. Det var ju såhär en jul skulle firas! Aldrig förr hade han väl fått så mycket julkänslor som denna jul, att först se Anna sjunga luciasånger och nu äta julmat ihop med henne, vid Svanparken alldeles själva, det kunde ju inte bli bättre!

Klockan närmade sig halv tio och det hade blivit ännu några fler minusgrader ute. Det var bara glöd kvar i brasan och Karl kände hur Anna huttrade. Han själv tyckte att det började bli lite för kallt nu och de bestämde sig för att dra sig tillbaka. De packade ihop allt och Anna fick skjuts bak på mopeden. Karl stannade till med mopeden bakom gymnastiksalen för att inte någon skulle se dem ihop. Hon klev av mopeden och Karl stängde av motorn.

– Tack Anna för en underbar kväll med dig. Det här var den bästa julen jag har varit med om hittills och allt är din förtjänst.

– Samma här. Det här måste vi göra om nästa jul! sa Anna.

– Tror du vi kommer vara tillsammans då?

– Klart vi kommer. Tror inte du det? frågade Anna.

– Jag hoppas verkligen det. Vem skulle jag annars åka moped med ute i snön när det är mörkt ute? skojade Karl.

– Hm, nä det får nog bli mig du åker med nästa år igen, sa Anna. Det blev en kort och pinsam tystnad. Klockan var mycket och Karl förstod att Anna skulle gå in till sig och han försökte komma på någonting bra att säga som avslutning.

– Men… du får väl sova så gott nu då, sa han trevande. Anna skruvade lite på sig.

– Jo… fast jag vet inte om jag vågar gå in i huvudbyggnaden själv såhär dags. Dels är det ju väldigt mörkt och sen så kan jag ju kanske väcka någon av de andra…

Karl förstod först inte piken, inte förrän Anna sa nästa mening.

– Du, skulle inte jag kunna få sova hos dig i natt? Ingen behöver få veta, sa hon blygt och såg på honom med sina stora vackra ögon. Karl trodde knappt sina öron, men nickade ivrigt på huvudet.

– Jo, det är klart du får det! Kom, så går vi in till mig. Jag ska bara rulla in mopeden i garaget först.

Tidigt nästa morgon smög Anna in till sitt rum i huvudbyggnaden. Hennes rumskamrat hade rest hem över helgen och ingen annan hade märkt att hon hade sovit någon annanstans över natten. De tiotalet elever som hade valt att stanna kvar på Solbacken över helgen åt lunch klockan tolv i matsalen. Mattanten som hade helgpasset satte sig vid Karls bord. De var bara de två som satt vid de vuxnas bord. Han såg Anna borta vid de andra eleverna, men han tordes inte göra någon notis om henne. Han åt som en häst och tog en extra portion. Hans helg tillsammans med Anna hade varit helt magisk, men den bästa julklappen hade ändå varit natten han fått tillbringa tillsammans med henne för första gången i sin lilla skrubb.

Kapitel 9

Filipstad, ålderdomshemmet Näckrosen den 18 maj 2011. Karl la ner pennan på bordet och gjorde några gymnastiska rörelser med handen. Han hade skrivit några rader om det han kom ihåg om när han träffade sin Anna för första gången. På bordet bredvid honom stod den gamla skokartongen fylld med minnen från svunna tider. Nyss hade han letat efter en sak han inte hade sett på många år, en lapp från 1947. Han tog upp lappen, där det med vacker handstil skriven av Anna, stod *"God jul Karl! Härmed får du en helårsprenumeration på tidningen Bilar och motorer. Mycket nöje, önskar din Anna!"*

Ja du, Anna. Det blev ju inte mycket med den där prenumerationen. För det hände ju en del saker. Saker som vi inte riktigt var beredda på, ojojoj! Ja… det var tider det. Tänk, vad många starka känslor jag hade på den tiden. Alla jobbiga minnen med far, men de flesta har jag som tur var lyckats förtränga. Men jag är rädd att jag en dag kommer att glömma bort den första tiden med dig Anna. Vissa saker har jag nog tyvärr glömt, men det bästa kommer jag så väl ihåg. Men för säkerhets skull skriver jag ner det jag kommer ihåg i dagboken. Herregud, vad lycklig jag var den där julen nere vid Svanparken. Jag måste ha varit världens lyckligaste kille då. Och jag vet att min kära Anna kände likadant. Livet pendlade ofta mellan hopp och förtvivlan, minns jag. Vad förtvivlad jag var när Sigvard bad mig göra slut med Anna. Tänk om vi hade gett upp då. Men det gjorde vi inte, för vår kärlek till varandra var starkare än Sigvards förakt till mig. Kärleken övervinner allt. Men vi hade det verkligen inte lätt. Det var inte bara vår kärlek som sattes på prov. Tiden som följde efter den där julen 1947 var

verkligen en tid då vi levde med livet som insats. Man kan ju verkligen
undra vad som hänt med oss om inte Ivar Rönnlund hade sett oss den
där sena kvällen. Ivar, gamle vän. Vi har så mycket att tacka dig för!
Det knackade på Karls dörr, men som vanligt hörde han inte.
Hörapparaten hade han glömt och låg vid sängkanten. När
Anneli försiktigt hoade och vinkade åt honom, vände han sig om
och såg att det var hon. Hans djupa tankar avbröts och det var
dags för kvällens sista medicinering.

– Hej Karl! Sitter du uppe fortfarande? undrade hon.

– Ja. Men det är väl dags att lägga sig snart, suckade han.

– Vad gör du för något? undrade hon när hon såg att han hade
tagit fram sin gamla skokartong och ställt den på köksbordet.

– Nja… jag tittar lite i min gamla skokartong. Så många minnen
som ploppar upp i huvudet när man tittar i den, förstår du.

– Jaha. Men vad har du där i då? Den har du aldrig visat mig
förut! sa Anneli nyfiket.

– Nä, det kanske jag inte har. Förresten, jobbar du kvällspasset
idag med?

– Ja, jag tar så många kvällspass jag får. Det ger ju lite bättre
betalt och jag behöver ju pengarna, suckade Anneli.

– Stackars barn, som du kämpar på! Du har det inte lätt, stackare.
Hur går det hemma med pojken din?

– Det går bra. Vi kämpar på och gör så gott vi kan, sa Anneli.
Karl såg hur hon stred emot för att hålla tillbaka tårarna och han
försökte byta ämne snabbt för att inte hon skulle bli mer ledsen.

– Så, vad har du för gott idag åt mig då? frågade han.

– Det är tyvärr samma visa som vanligt, blodtrycksmedicin och
blodförtunnande, sa Anneli.

– Äsch, det var ju inget roligt. En liten snaps kunde du väl bjuda
på? skojade han.

– Åh, om jag ändå fick! Jag ger mig sjutton på att du blir riktigt
rolig när du får i dig lite sprit Karl, sa Anneli och log.

– Om jag blir! Efter två snapsar så dansar jag på bordet och efter
tre, ja då får du allt passa dig! skojade Karl.

– Det tror jag säkert! Men du, jag har skrivit upp mig på att jobba i Midsommar och då, då ska du och jag ta oss en snaps! Jag struntar i om jag är i tjänst, men då ska vi ta oss en liten rackare du och jag! sa Anneli och kramade om den gamle mannen. Karl skrattade så han började hosta. Snart hade Anneli gjort sitt och hon var tvungen att gå vidare till ett par personer till, innan hon avslutade sitt kvällspass.

Anneli är den bästa sjuksköterskan av dem alla. Tänk, om alla vore som henne. Då hade gamlingarna här blivit över hundra hela bunten, för ingen av dem hade tappat livsgnistan! Utan henne här så hade livet varit betydligt mer deppigt.

Karl blev sittandes vid köksbordet. Han ville inte gå och lägga sig riktigt ännu. Återigen började han rota i den gamla skokartongen. Där fanns tidningsurklipp, foton, gamla biljetter och några gamla mynt som slutade användas för många år sedan. Han stannade upp när han hittade en urklippt dödsannons och tog upp den. En tår kom och hans läpp började darra. Dödsannonsen han höll i handen var Ivar Rönnlunds. Den gamle gubben som kom att betyda så mycket för deras framtid. Efter en stunds tankar kom till slut tröttheten. Karl tog sin rullator och gick bort till sängen la sig och somnade snabbt. På köks-bordet stod skokartongen kvar. Det fanns mycket kvar att bläddra i och det hade han för avsikt att göra dagen därpå.

Kapitel 10

Solbacken, julen 1947. Det blev jullov och Karl följde med sina föräldrar hem. Där hemma fanns inte mycket att göra och han saknade sin Anna. Då och då hostade han till för att låtsas som om att hans förkylning inte riktigt helt hade gått över. Julaftonen för Karl blev som vanligt. Göstas bror Gunnar med familj från Torsby kom hem och firade jul med dem och som vanligt så var Karl bara artig och trevlig mot dem. Men i själva verket avskydde han dem, särskilt Gunnar. Gunnar var förmodligen Värmlands snålaste gubbe och brukade alltid ge sina egna barn mycket dyrare och finare julklappar än vad Karl fick. En gång upptäckte till och med Karl hur Gunnars familj hade slagit in en begagnad leksak åt honom. Och om han och Gunnars barn bråkade när de var mindre så tog Gunnar alltid sina ungars parti, även om det alltid var deras fel. Ungarna var bortskämda och dryga och brukade ofta ha sönder Karls leksaker som han hade på sitt rum. Inte ens när Karl blev tonåring så tålde han Gunnar och hans barn. De såg ner på honom för de visste att han var adopterad och antagligen hade Gunnar och hans fru, precis som Gösta, sagt att hans riktiga föräldrar var suputer och fattiglappar från Småland. Denna Julafton var inte bättre än de föregående, barnen hälsade knappt på Karl och de pratade mest med varandra och de vuxna. Men det gjorde inte Karl så mycket denna jul, för i hans tankar fanns bara Anna. Han hoppades att hon hade det bra. Hon hade berättat att de skulle fara till Gävle och fira jul med släkten där.

Under följande vintermånader rullade livet vidare på Solbacken. Ann–Sofie lyckades få större delen av klassen att ogilla Anna. Grunden till detta berodde såklart på att hon själv var kär i Karl och hennes frustration gick över till hat mot Anna. Anna kände sig ensam i klassen. Ingen ville vara med henne på grupparbeten och inte allt för sällan hörde hon gliringar från de andra tjejerna. Från att ha varit en ganska populär tjej i Gävle, så var hon nu utstött. Inte ens killarna var intresserade av henne, trots att hon var en av de allra sötaste tjejerna och allt berodde på att Ann–Sofie hade spridit falska rykten om henne. Karl och Anna träffades alltmer sällan, då hon behövde studera om kvällar och helger, men deras intensiva brevskrivande fortgick och deras kärlek var större än någonsin.

En eftermiddag när skolan var slut och Anna låg på sitt rum och gjorde läxor, kom Ann–Sofie in med en lapp i handen.

– Vad är det? undrade Anna. Hennes rumskamrat Britta undrade samma sak. Ann–Sofie såg bekymrad ut och hade en ledsen min.

– Vi har fått en lapp av rektorn. Städerskan är sjuk och vi är tvungna att hjälpa till med städningen nu ikväll.

– Anna och Britta såg frågande på varandra. Ann–Sofie fortsatte att låtsas läsa på lappen.

– Alla i vår klass har fått olika uppgifter och vi ska städa två och två. Ni två ska ta toaletterna. Det är bäst att ni sätter fart på en gång, för rektorn skulle komma förbi senare ikväll och kontrollera, fortsatte Ann–Sofie.

– Jaha. Och jag som verkligen behöver plugga ikväll, suckade Anna och reste sig från sängen. Ann–Sofie gick iväg medan Anna och Britta gick bort mot städskrubben och tog ut trasor och skurmedel. En halvtimme senare när de som bäst stod och tvättade rent toalettstolarna, hörde de hur det fnissades bakom dem. De vände sig om och såg att Ann–Sofie och flera andra tjejer ur klassen stod och skrattade. Anna förstod först ingenting.

– Men ser man på! Du kan ju städa, Anna! sa Ann–Sofie och flinade.

– Vad menar du? Varför städar inte ni? Vad är det frågan om? Har du lurat oss?! utbrast Anna.

– Lurat och lurat… jag skulle bara se om adligt folk skulle klara av att städa toaletter. För sådana som ni får väl hjälp med sådant? sa Ann–Sofie och hånlog. Anna såg rött och slängde skurmoppen rakt i ansiktet på Ann–Sofie.

– Din.. din lilla horunge! Säg som det är, du gör detta bara för att du inte kan få killen du är kär i! Du har ingen anledning av att vara sur på mig bara för att Karl älskar mig och inte dig! Det här ska du få för! skrek Anna och sprang rasande därifrån och strax bakom kom Britta med gråten i halsen. Anna kokade av ilska och gick in på sitt rum och slängde sig på sängen.

Jävla Ann–Sofie! Såhär förnedrad har jag aldrig blivit i hela mitt liv! Halva klassen stod ju och skrattade åt mig. Hon har gjort mig till åtlöje! Åh, det här ska Karl få höra, han kommer bli vansinnig. Vilken tur att jag ändå lyckades träffa henne med den skitiga och blöta skurmoppen på hennes kläder. Hoppas de blir förstörda.

Tidigt nästa morgon smög Anna ner till biblioteket och lämnade en lapp åt Karl. På väg upp till sitt rum mötte hon Ann–Sofie i trappan. Ann–Sofie låtsades inte om Anna och Anna gick bara förbi utan att säga något. Men Ann–Sofie stannade till i trappan och tänkte efter en stund.

Hmm, vad gjorde Anna nere i biblioteket så här tidigt på morgonen? Vänta, där kommer ju Karl! Var ska han ta vägen? Men, han går ju in till biblioteket han med. Är det där de träffas i smyg? Fast de är ju inte där samtidigt, för Anna gick ju nyss därifrån. När jag tänker efter så har jag sett dem där ganska ofta, fast aldrig samtidigt. Att Anna är där är väl inte så konstigt, men vad gör Karl där? Han läser väl knappast böcker? Kanske de kommunicerar på något sätt till varandra? De måste skriva brev och gömma någonstans i biblioteket, så måste det vara. Haha! Jag visste det! Jag visste väl att de två fortfarande umgås! Det här måste jag sätta stopp för, en gång för alla. Om inte jag kan få Karl så ska inte den där snobb–Anna heller få honom. Det verkar ju inte hjälpa att skvallra för rektorn, men om jag skickar ett anonymt brev hem till hennes far? Vad kommer han att säga då?

Ann–Sofie sprang upp på sitt rum och började skriva på ett brev som var till Annas far. Några timmar senare hade hon luskat reda på vad han hette och var han bodde. Hon fjäskade för en av mattanterna att få brevet postat mot en mindre summa pengar som tack för hjälpen.

Samma helg åkte Anna hem till sina föräldrar i direktörsvillan utanför Hagfors. Det var mitten av mars och det fanns inte mycket snö kvar. Hon tyckte det skulle bli skönt att få komma hem och vila upp sig över helgen, då skolarbetet, läxor och prov tog upp nästan all hennes vakna tid. I dörren möttes hon av Sigvard, vilket hon tyckte var märkligt. Han brukade alltid sitta inne i finrummet med en konjak i handen såhär dags. Anna insåg direkt att någonting var fel.

– Far, vad är det? Har det hänt något? undrade hon och gick upp för yttertrappan.

– Det kan man säga, unga dam! Stig in. Vi ska talas vid, du och jag, gormade Sigvard. Hon som var helt slut efter historieprovet tidigare under dagen, hade ingen lust att börja bråka med Sigvard, utan bara ville gå upp på sitt rum och vila en stund. Hon hälsade på Karin och satte sig sedan ner i köket. Sigvard ställde sig framför henne med armarna i kors. Han såg vansinnig ut. Anna sneglade frågande mot Karin, som med rödsprängda ögon tog sig för munnen.

– Det har kommit till min kännedom att du träffar den där vaktmästargrabben fortfarande. Anna, jag är djupt besviken på dig! När han var här på middag, så tog han och jag en promenad och jag gjorde väldigt tydligt klart för honom att ni två inte ska träffas något mer och jag är helt säker på att han har nämnt detta för dig, inte sant?

– Jo, det stämmer. Men… men det struntade vi i! Varken du eller mor kan bestämma vem jag ska träffa eller ej! Du kan inte hindra mig från att träffa Karl! Det är faktiskt en väldigt fin kille och jag blir glad av att träffa honom! Eller vill du inte att jag ska vara glad? skrek Anna och ställde sig upp i ren ilska. Sigvard stod fortfarande helt stilla med armarna i kors och rörde inte en min.

– Nu är det såhär, att jag visst kan bestämma vilka du ska träffa och inte träffa. Jag och din mor är överens. Jag har talat med Witlockska Samskolan i Stockholm och jag har gjort upp med din rektor på Solbacken. Nästa vecka är det sista veckan du går på Solbacken, sedan flyttar du till vår lägenhet i Stockholm och börjar på Witlockska. Din rektor skämdes och bad om ursäkt över sin sons beteende. Synd bara att pojken själv inte begrep bättre än att hålla fingrarna i styr på förbjuden frukt, snäste han. Karin började gråta och gick ut ur rummet. Anna svarade inte utan knuffade undan sin stol så den landade på golvet, sprang upp på sitt rum och slängde sig i sängen och grät.

Det här är bara inte sant! Far har inte rätt att skicka mig till en ny skola Stockholm! Jag kommer ju aldrig mer få se Karl! Och jag är inte intresserad av att börja på någon snobb–skola i Stockholm, där känner jag ju ingen. Ska jag behöva bryta upp ännu en gång och hamna i en skola där jag inte känner en enda? Bara för att jag träffar en kille som inte passar far i smaken? Aldrig i livet! Och vem har lyckats klura ut att jag och Karl fortfarande har kontakt? Vi som nästan aldrig träffas längre utan bara skriver brev till varandra. Kan det vara den där häxan Ann–Sofie som har kommit på oss? Vad i hela friden ska jag ta mig till nu?

Resten av helgen blev en pina för Anna. På måndagen efter såg hon Karl i matsalen. Hon kände att hon måste berätta för honom om vad som hade hänt. Hon struntade i att folk såg dem ihop, för allt var redan förstört nu. Med raska steg gick hon fram till honom i matkön och ryckte honom i armen. Men när han vände sig om fick hon en chock.

– Men herregud! Vad har du gjort med ditt ansikte?! utbrast hon. Karl ryckte på axlarna uppgivet.

– Jag antar att du inte behöver berätta något, Gösta har redan gjort väldigt klart för mig att han vet om att vi fortfarande träffas och att du ska byta skola, suckade han. Hela hans vänstra öga var igenmurat och mörkblått och Anna förstod att Gösta hade ännu en gång slagit honom. Han hade bestraffat honom för att ha smutskastat skolans rykte samt lyckats få den enda adliga eleven att lämna skolan. Anna drog i hans skjortärm.

– Kom! Vi måste prata, vi går härifrån!

De lämnade matsalen hastigt och många elever vände sig om för att se vad det var för uppståndelse i matkön. Många började tissla och tassla om dem, men en av eleverna satt bara med ett hånflin och det var Ann–Sofie. Anna och Karl sprang ner till hans skrubb.

– Far berättade allt för mig. Innan han slog mig så sa att detta är sista veckan du går här på Solbacken. Allt är mitt fel, Anna! Det är inte du som ska lämna skolan, det är jag! Jag vill inte vara anledningen till allt elände. Det är bättre att jag lämnar, så du får gå klart här så du slipper flytta. Jag sticker nu, jag orkar ändå inte vara kvar här längre med Gösta som slavdrivare. Jag är så jäkla trött på att underkasta mig honom. Dessutom är jag för feg för att slå tillbaka, sa Karl med tårar i ögonen.

– Nej Karl! Du får inte åka härifrån! Och det här är inte ditt fel, jag är lika mycket skyldig som du. Om du lämnar Solbacken eller inte spelar ingen roll. Far har redan fått in mig på den där skolan och han har redan sagt upp min plats här! Det kan inte ändras! Han kommer tvinga mig att flytta till Stockholm och jag kan inte göra någonting åt det. Karl, efter att denna vecka är slut så kommer jag aldrig mer få se dig! snyftade hon.

– Helvete! Allt blir ju förstört för oss! Varför kan de vuxna inte bara låta oss vara? Men jag ska i alla fall sticka härifrån, vart vet jag inte. Jag måste, jag står inte ut längre. Att jag hade dig här gjorde att jag orkade med, men om du flyttar så finns det ingenting som håller mig kvar här. Men jag kanske kan komma och hälsa på dig i Stockholm? undrade han. Anna skakade på huvudet och grät.

– Det kanske finns ett annat sätt…

– Vaddå? undrade han. Hon fattade Karls båda händer i sina och såg allvarligt på honom.

– Låt mig följa med dig! Vi rymmer tillsammans! sa Anna. Karl såg bestört ut.

– Men… du måste gå klart skolan! Jag vill inte vara orsaken till att du hoppar av skolan. Du måste göra klart din utbildning så att du kan få ett jobb sedan! sa Karl upprört. Men Anna bara skakade på huvudet.

– Utbilda sig kan man göra senare. Inte för att skryta, men heter man Wadenstierna i efternamn så blir det nog inga problem att skaffa arbete, oavsett om jag har en utbildning eller inte. Dessutom skulle jag aldrig kunna tänka klart om jag inte visste att jag hade dig vid min sida och att du mådde bra. Jag bestämmer själv över mitt liv och vad jag vill göra med det. Far och mor ska inte få sätta käppar i hjulet för mig, jag är en självständig tjej och jag bestämmer själv. Om jag väljer att hoppa av skolan så är det mitt beslut och jag belastar inte dig med det, jag lovar. Jag följer med dig Karl, vart du än går. Om du rymmer så rymmer jag! Om jag bara vet att du älskar mig?

– Det är klart jag gör! Jag vill ju leva resten av mitt liv med dig, Anna!

– Men då så. Då rymmer vi härifrån tillsammans? Vill du verkligen att vi ska lämna allt och bara fly? Fly bort från föräldrar som slår och bestämmer över oss?

– Ja! Vi lämnar allt och börjar ett nytt liv tillsammans, bara du och jag.

– Men vart? När rymmer vi? Och vad ska vi få pengar ifrån? undrade Karl.

– Jag vet inte vart vi ska ta vägen. Men pengar är nog inga problem. Jag sparar lite av min veckopeng som jag får av far, den är faktiskt ganska generös. Det är tillräckligt för att klara oss i en månad kanske, sa Anna.

– Och jag vet nog hur jag kan få tag i lite pengar. Far har ett gömställe uppe i sitt rum. Låt oss planera vår flykt ett par dagar. Än har vi inte bråttom. Men innan vi rymmer så har jag ett par saker jag vill göra först, sa Karl och såg genast skarp ut i blicken.

– Vaddå?

– Det får du se! Du kommer nog att gilla det. Börja förbereda dig med att packa dina kläder så att de lätt kan tas med när jag säger till och om du har dina pengar på ditt rum så hämta dem och ha dem på dig. Jag ska göra likadant, jag ska börja packa ihop alla saker jag kan komma att behöva. Jag äger inte särskilt mycket och det jag vill ta med får plats i min ryggsäck. Gå nu tillbaka upp till skolan och låtsas som ingenting. Försök stå ut med de andra tjejernas gliringar ett litet tag till. Snart är det över, tänk på det. Räkna med att vi rymmer om två dagar. Innan vi åker så kommer jag se till att Ann–Sofie får ångra att hon någonsin haft med dig att göra och jag kommer hämnas rejält på far, var så säker! sa Karl och det glödde nu i ögonen på den annars så lugne killen.

Kapitel 11

Morgonen därpå när Karl som vanligt var på väg upp till Gösta för att få reda på dagens sysslor, möttes han av en stor kranbil som backade in på gården.

Där är den ju! Precis som far sa. Perfekt! Nu gäller det bara att hålla ögonen öppna.

Karl hade dubbelseende på det svullna ögat och var nära att snubbla i stentrappan på väg upp till andra våningen där Gösta hade sitt kontor. Det var med avsky som han knackade på och alldeles strax skulle han se mannen som under gårdagen misshandlade honom.

– Där är du ju! Idag har du mycket att göra. Som du vet så är vattnet avstängt under ett par dagar, så därför har jag hyrt in två stycken utomhustoaletter, så kallade bajamajor. En till pojkarna och en till flickorna. De måste alla på skolan använda tills de nya vattenledningarna är på plats. Du ska se till att hjälpa de rörmokare som kommer hit och river de gamla vattenledningarna. Var behjälplig med allt de ber om, så vi inte behöver betala onödiga pengar till dem. Det här blir kostsamt för oss ändå, muttrade Gösta, som inte verkade ha någon som helst dåligt samvete för det ögat han murat igen på sin son dagen innan. Karl suckade.

– Visst. Inget annat? undrade han spydigt.

– Du, det räcker nog och blir över för din del! Såvida du inte tycker om att skita utomhus i kallgrader så föreslår jag att du jobbar på och hjälper till, så vi får ordning på våra toaletter så snart som möjligt! Det var allt, sätt igång nu med dig! sa Gösta och viftade med handen att han skulle lämna hans kontor. När rörmokarna kom gick Karl och mötte dem och erbjöd dem sin hjälp. De stirrade på hans öga, men ingen av dem vågade fråga vad som hänt. Två toaletter på drygt sextio personer var i minsta laget, men Gösta tyckte att det fick räcka. Redan vid lunchtid hade bajamajorna blivit besökta av de flesta och efter lunch blev det till och med kö utanför. Karl arbetade med att riva ut gamla ledningar och släpa ut dem på grusgången och varje gång han kom ut med gammalt material, såg han någon stå på kö vid toaletterna. Vid ett tillfälle mötte han Anna och hon gjorde en slängkyss åt honom innan hon sprang upp till lektionssalen igen. Nästa gång han kom ut med ett lass, såg han Ann–Sofie stå i kön. Dörren till flickornas bajamaja öppnades och hon gick in efter tjejen som var före henne.

Nu jävlar! Äntligen har rätt tillfälle kommit. Nu ska hon få för allt elände hon har ställt till med!

Karl smög fram till bajamajan där Ann–Sofie satt. Han sneglade upp mot fönstren där lektionssalarna satt. Han hade varit där uppe och han visste att om man satt ner i bänkarna så såg man inte ner till bajamajorna. Han borde alltså kunna jobba ostört. Ur fickan tog han upp en rulle silvertejp och drog försiktigt upp en lång bit tejp. Så tyst han kunde fäste han ena änden på baksidan av bajamajan där Ann–Sofie satt. Sedan skyndade han sig och tejpade tre varv med tejp så att dörren inte gick att öppna. Inifrån hörde han hur Ann–Sofie ropade vad det var frågan om utanför, men han svarade förstås inte. När han var klar, ställde han sig på baksidan av bajamajan och tryckte så mycket han kunde. Till slut lyckades han välta den så att dörrsidan landade ner mot marken. Ann–Sofie gav till ett illvrål och började ropa på hjälp, men ingen hörde henne, då alla elever befann sig inomhus på lektion. Snabbt som ögat smet Karl tillbaka in till rörmokarna och fortsatte hjälpa dem att riva. Knappa tio minuter senare hörde han hur det började springa folk i trappan och i korridoren. Rop och skratt och upprörda röster hördes från både tjejerna och killarna. Så pass att till och med rörmokarna blev nyfiken på vad det var för uppståndelse utanför. De och Karl gick ut för att kolla vad som stod på. När de kom ut såg de fyra killar i full färd med att resa på bajamajan som Ann–Sofie satt i. Eller numera låg i. Alla hörde hur hon grät och skrek om vartannat. Snart var bajamajan rest och pojkarna höll på att dra bort silvertejpen när Gösta kom utspringandes.

– Var är det som händer?! skrek han upprört.

– Ann–Sofie är instängd i bajamajan, var det någon som sa.

– Va?! VEM är det som har gjort detta?! skrek han, men ingen svarade såklart. I samma sekund fick pojkarna bort sista tejpen och ut sprang Ann–Sofie, som var totalt nerskiten. Hela hon var täckt av avföring, från topp till tå. Använt toapapper satt fast i håret. Kläderna var indränkta av kiss och hela ansiktet, lår och händer var bruna av avföring. Alla elever skrattade så mycket de orkade medan hon sprang in i skolhuset och vidare in till tjejernas dusch för att skölja av sig. Men vattnet var avstängt på grund av byte av vattenledningar. När hon kom på det, hördes ytterligare ett illvrål följt av höga snyftningar. Inne i på en toalett försökte hon desperat torka bort det värsta av bajset som fanns i hennes ansikte med papper, samtidigt som hon ulkade av avsky. Ute på skolgården skällde Gösta på eleverna så att han blev röd i ansiktet och hotade med att alla skulle få tillbringa varenda helg kvar i skolan tills någon erkände vem som hade vält bajamajan. Alla visste att Ann–Sofie och Anna låg i luven på varandra, men ingen misstänkte Anna, för hon hade ju hela tiden suttit i klassrummet med de andra eleverna. Några misstänkte Karl, men de kom på att han jobbade ju med rörmokarna och borde ha alibi. Men om någon hade frågat rörmokarna om det var Karl så hade de förstås svarat att han hade varit med dem, eller möjligtvis att han hade gått iväg ett kort ärende till rektorn. Men varför skulle någon fråga dem? Anna, som hade legat dubbelvikt av skratt, förstod förstås att det var Karl som låg bakom. Äntligen hade de fått sin revansch!

Gösta kallade samman lärarna och Birgitta till krismöte inne i lärarrummet. Karl såg nu chans nummer två att hämnas. Alla elever blev tillsagda att gå tillbaka till sina lektionssalar och invänta lärarna och studera själva i sina läroböcker. Karl sprang diskret fram till Anna och viskade till henne.

– Kom ner till skrubben direkt efter att lektionen är slut. Det är dags nu! Ta med dig din resväska, vi sticker så fort du kommer!

– Okej, jag kommer ner om en stund, sa Anna och gick vidare in till klassrummet. Hennes hjärta började bulta för fullt. Det var redan idag det skulle ske och hon var inte riktigt beredd på det. Men väskan var packad och fickpengarna hade hon på sig och hon hade absolut inte ångrat sig. Karl sa till rörmokarna att rektorn behövde hans hjälp och gick iväg. Men istället för att gå till Gösta, sökte han upp Ulla Malm och frågade om hon kunde få låna nyckeln till Göstas rum, för han hade blivit ombedd att hämta en sak, ljög han. Så snart han fått nyckeln sprang han upp till Göstas rum och låste upp dörren. Normalt sett skulle Birgitta ha sett honom, men hon satt på samma krismöte som de andra i lärarrummet en trappa ner. Karl visste exakt vad han skulle göra. Han hade varit och snokat här förr och visste att Gösta förvarade pengar i sin högra skrivbordslåda under pennfacket. Men han visste också att Gösta gömde en annan sak där, nämligen tiotalet porrtidningar av märket Top Hat. Aldrig tidigare hade han rört varken tidningarna eller pengarna, men det var nu dags att ändra på det. Varför Gösta hade en massa pengar i skrivbordslådan visste han inte, men han tog alla sexton hundralapparna samt tre av porrtidningarna. På en av tidningarna skrev han med stora bokstäver *"Det finns flera av dessa i fars högra skrivbordslåda. /Karl"* Sedan sprang han ner igen för trappan och lämnade tillbaka nyckeln till Ulla.

– Ulla, här är nyckeln. Du ska även ha detta med, sa Karl och knycklade ner fem hundra kronor i Ullas ficka, sedan gav han henne en hård kram.

– Tack för allt Ulla! Jag tror du anar vad som är på gång, sa han och försökte hämta andan efter allt spring i korridorer och trappor.

– Ja, jag tror det, käre pojk. Var rädd om dig nu! ropade Ulla efter honom.

– Jag lovar! Jag rymmer inte själv, jag tar Anna med mig. Ha ett bra liv min vän! sa Karl och sprang vidare ner till garaget där Göstas bil stod. Utanför garaget tog han foten och skrapade bort det översta lagret med grus, sedan tog han upp en näve med sand och gick in. Han öppnade motorhuven och tog bort locket till motoroljan och hällde ner sanden. Sedan tog han vattenkannan och hällde i skvätten som var kvar i bensintanken. Det var säkert fyra, fem liter vatten och det skulle vara tillräckligt för att motorn skulle skära.

Nu ska du få din jävel! Här har du för alla år som du varit en pina för mig! Här får du för alla örfilar och knytnävsslag och för alla gliringar om mina föräldrar genom åren. Det här blir inte billigt för dig att laga, din snåle fan!

Först tänkte han även skära hål i ett utav däcken, men kom på att när Gösta ger sig av för att leta efter honom så är det bättre om han kommer en liten bit på vägen innan han får problem med motorn. Desto mer bekymmer skulle det bli för honom att ta sig tillbaka till skolan för att få hjälp. Porrtidningarna la han i handskfacket där hans mor brukade förvara handväskan. Framför sig såg han Birgittas min när hon hittade tidningarna och Göstas min när han skulle försöka bortförklara sig. Karl log brett. Äntligen skulle han få sin hämnd på Gösta! Han rullade ut mopeden ur garaget och öppnade tanklocket. Det var nästan full tank. Kunnig inom motorer som han var, hade han i smyg trimmat mopeden så att den gick i närmare sjuttio kilometer i timmen, men med Anna där bak samt all packning skulle den göra kanske runt sextio.

När Annas lektion var slut skyndade hon sig bort till sitt rum och på sig sin jacka och tog resväskan i handen och började gå ner för trappan. Så fort lektionen var slut blev det ett väldigt kacklande på alla elever och de pratades brett och vilt om vem som hade vält bajamajan. Ingen la märke till att Anna hade jacka på sig och resväska i handen. När hon närmade sig ytterdörren hörde hon snyftningar bortifrån flickornas toalett. Där borta såg hon hur Ann–Sofie fortfarande stod och förtvivlat torkade bort avföring från håret. Anna borde kanske låtit bli, men hon kunde inte. Hon var tvungen att få se Ann–Sofies min en sista gång innan hon skulle rymma.

– Du Ann–Sofie! ropade hon så det ekade i korridoren. Hon tittade upp och deras ögon möttes. Ann–Sofies smink var utkletat längs hela kinderna av alla tårar blandat med urin.

– Jag visste väl att du var en riktig skitunge! sa hon och pekade långfingret mot henne medan hon log så mycket hon kunde, sedan fortsatte hon ut genom dörren och vidare på grusgången.

– Ditt nedrans sviiiin!!! skrek Ann–Sofie så högt hon bara orkade, men ju högre hon skrek desto större blev leendet på Annas läppar.

Karl var redo. Han hade hört när skolklockan ringt ut för rast och visste att Anna skulle komma vilken minut som helst. Nervöst satt han nu på sin moped och trummade med fingrarna. Som tur var regnade det inte. De skulle komma en bra bit på vägen innan det blev mörkt, men mopeden hade lyse så det var ingen fara med den saken. Han hörde att snabba fotsteg närmade sig och han förstod att det var Anna. Hon satte flåsandes ner sin resväska på marken och de kramades hastigt. Han såg på henne allvarligt.

– Om vi gör det här nu så finns det ingen återvändo, Anna.

– Jag vet! Jag har tänkt igenom detta noga och jag ångrar mig inte. Jag litar på dig. Vad som än händer så känner jag mig trygg hos dig. Jag vet att allt kommer att lösa sig, bara vi har varandra.

– Bra, då sticker vi. Hoppa upp så kör vi!

Karl kickade igång mopeden och de fortsatte ner bakom gymnastiksalen och vidare på stigen ner mot hagarna, bort från Solbacken och mot friheten. Anna hade en tjock jacka på sig men hon frös ändå, men det bekom henne inte. För hennes del kunde det lika gärna ha åskat och haglat. Hon och Karl hade precis tagit sina första kliv i deras nya kapitel i livet och aldrig någonsin skulle de vända tillbaka. Nu var det bara framåt som gällde. Hon hade nu bara en enda trygghet kvar i livet och den tryggheten höll hon nu ett hårt tag om och aldrig någonsin tänkte hon släppa den tryggheten igen.

Kapitel 12

Snart var de framme vid asfaltsvägen och de hade Solbacken
någon kilometer bakom sig. Karl stannade till och vände sig om.
– Vilken väg ska vi ta? Kör vi vänster så kör vi mot Filipstad, tar
vi höger så är närmaste staden Hofors.
– Jag vet inte. Eller, ta vänster! Jag vill så långt bort från far som
möjligt! sa Anna. De svängde vänster och fortsatte söderut i
riktning mot Filipstad. Karl kände sig stressad och hade full gas.
Den kyliga kvällsluften slog emot hans ansikte och han
funderade på var i allsin dagar de skulle ta vägen någonstans.
Hittills hade allt gått enligt planerna, men nu då? Han var
livrädd för att varje bil som körde om den skulle vara Gösta som
skulle tvärnita en bit framför dem och stiga ur och stoppa dem.
*Så här långt har det ju gått helt enligt planerna. Det kändes ju riktigt
skönt att få hämnas på både Ann–Sofie och på far. Jag borde ha stuckit
för länge sedan. Men då hade jag aldrig träffat Anna. Vad tänker hon
på där bak? Hon sa att hon känner sig trygg, bara hon är med mig. Men
jag vet ju själv inte vart vi ska ta vägen. Vi kan ju inte åka moped hela
natten. Tanken rymmer bara åtta liter och så himla långt kommer man
inte på det. Det är snart helt mörkt ute och snart syns bara strålkastaren
från mopeden. Jag måste komma på någonting vettigt snart, Anna litar
ju på mig. Vi kanske ska ändra taktik? Vi kanske inte ska rymma på
mopeden längre, det kanske inte är så smart. Jag tror Anna börjar bli
kall där bak och vad gör vi om några timmar när det är läggdags, var
sover vi då? Under en gran längs vägen? Nä, det här funkar inte! Jag
borde ha haft en bättre plan som var mer genomtänkt. Men det är så*

dags nu… Vi kanske skulle köra in till Filipstad och se om det finns
någon buss i stället? Tänk om det finns en buss som kan ta oss söderut?
Han stannade till längs vägkanten och vände sig om till Anna.
– Hur går det? Fryser du?
– Ja, lite. Varför stannar vi?
– Jag har en idé och jag tänkte höra vad du tycker om den.
– Jaha, vad har du för idé? huttrade hon.
– Vad sägs om att vi kör in till Filipstad och ser om det går någon
buss istället? Jag tror inte vi kan komma så jättemycket längre på
mopeden. Vi fryser båda två och vi kan inte sova utomhus i natt.
– Nä det blir nog för kallt… Vi kan väl åka ner till busstationen
och se efter?
– Ja, vi gör så. Det är inte alls långt kvar, sa Karl och kickade
igång mopeden igen. Anna hann fundera både en och två gånger
på vad hon hade gett sig in på, medan hon satt bakom Karl och
frös. Det var trångt och hon satt illa och hade hela tiden Karls
ryggsäck i ansiktet. Sin stora resväska hade hon spänt fast på
pakethållaren. De var tungt lastade och mopeden fick slita ont i
varenda liten uppförsbacke.
Vad har jag gett mig in på egentligen? Gör jag rätt nu? Det jag gjort
gentemot mina föräldrar är oförlåtligt, men nu är det försent att ångra
sig. Vid det här laget har nog alla förstått att jag och Karl fattas på
skolan och att det är vi som låg bakom bajamaja–incidenten och det är
väl bara en fråga om minuter innan herr Martinsson försöker ta sin bil
för att leta efter oss. Han kanske inte bryr sig så mycket om var Karl är,
men han lär vara mån om att få tillbaka mig helskinnad. Tänk, vilket
rykte hans kära skola skulle få om folk får reda på att en elev har rymt
därifrån! Men hur långt hinner han komma med vatten i tanken och
sand i motorn? Den borde nog börja hacka ganska snart skulle jag tro.
Kan han redan ha hunnit ringa min far och informerat? Jag undrar
det… han vill nog i första hand försöka hitta oss själv, innan han ringer
far. Jag har gjort ett extremt riskfyllt val i mitt liv, som lämnat allt och
rymt med Karl. Har jag varit dum som trotsade far och fortsatte träffa
Karl? Borde jag lyssnat på honom och istället bara ägnat mig åt mitt
skolarbete och försökt glömma Karl? Nä, det går inte att bara glömma

bort sitt livs kärlek! Och inte heller hade jag blivit lycklig av att fortsätta mina studier i Stockholm, för att sedan gifta mig med någon rik man med fint efternamn som klingar bra i fars ögon? Det är väl ändå jag som ska vara lycklig, inte han? Han får gärna vara lycklig om han vill, men inte på min bekostnad! Jag tror nog ändå att jag har gjort rätt val, nu när omständigheterna var som de var. Det är ju helt oacceptabelt att Karl ska behöva ta emot stryk av herr Martinsson och det är helt oacceptabelt att far ska tvinga mig att flytta till Stockholm mot min vilja! Så här sitter vi nu, två personer på flykt helt ensamma i mörkret på en enslig asfaltsväg. Hur kommer det här äventyret att sluta? Kommer det bli ett lyckligt slut? Vi har i praktiken ingenting nu, jag och Karl. Vi har bara kläder och lite pengar och varandra, men hur långt kommer det att räcka? Det beror nog på vad man gör det till. Men jag sätter all min tillit till Karl, jag tror han vet vad han gör och han vill bara vårt allra bästa. Vad han än har för planer om oss så litar jag på honom. Jag litar på honom som jag aldrig tidigare har litat på någon. Hur man nu kan lita på en person som man bara känt i några månader och mestadels genom brevskrivning. Men det känns så rätt, vårt förhållande. Det känns verkligen som vi två är skapta för varandra. Jag har aldrig trott på det där som andra säger, kärlek vid första ögonkastet, men nu vet jag att den känslan existerar, för jag har själv upplevt den!

De var snart inne i Filipstad och Karl styrde ner mot centrum och stationen. De parkerade mopeden och gick in till stationen. På anslagstavlan såg de tre olika bussar och dess avgångar, men alla bussar verkade bara gå inom kommunen och ingen av dem hade någon tur såhär dags.

– Fasen också! Vad gör vi nu? sa Anna uppgivet. Karl funderade.

– Desperata händelser kräver desperata åtgärder. Vi kan ju alltid ta en taxi, men det skulle bli väldigt dyrt, sa Karl. Anna sken upp.

– Taxi! Såklart! Det får kosta vad det vill, men vi måste komma härifrån. Jag har nog pengar till det, oavsett vad det kostar. Men vi måste nog bestämma oss vart vi ska nu, sa Anna och tittade på den stora kartan som satt uppsatt inne på stationen.

– Du ville söderöver. Men hur långt? undrade Karl.

– Vet inte, men långt. Jag har alltid velat se havet, sa hon och sneglade på Karl.

– Havet? Åt vilket håll då? Ostkusten eller västkusten?

– Definitivt västkusten. Ostkusten känns för nära Stockholm på nåt vis. Jag vill till en liten stad där ingen bryr sig så mycket om pengar och titlar. Jag vill till en liten stad vid havet där jag kan sitta tillsammans med dig och se ut över solnedgången och bara ha det bra, sa Anna.

– Det låter bra, sa han och tittade längs västkusten på kartan.

– Här då? Vad sägs om Falkenberg? frågade Karl och pekade. Anna sken upp.

– Falkenberg får det bli!

Taxichauffören höll på att sätta i halsen när han fick höra att de ville ha skjuts ända till Falkenberg. Först tvekade han om han verkligen skulle åka ända dit men efter en stund gick han med på det men han krävde förskottsbetalning då han misstänkte att ungdomarna inte hade råd att betala. Men det hade de. Anna frågade vad det skulle kosta att åka taxi ända till Falkenberg och efter att chauffören räknat en stund och nämnde summan, tog hon upp en sedelbunt ur sin innerficka och betalade mannen utan att blinka.

Klockan blev sex på kvällen och de var en god bit på väg. Hand i hand satt de i baksätet och såg ut på de biltomma och mörka vägarna. Då och då gav de varandra en blick, men för det mesta satt de tysta och funderade på vad som skulle hända härnäst. Den värsta oron hade lagt sig för dem båda. Chauffören sa att de borde vara framme gott och väl innan midnatt. Vi halv tiotiden närmade de sig Göteborg och de såg med stora ögon hur den stora stadens alla lampor lös upp natthimlen. De körde vidare söderut och just när de båda hade lyckats slumra till, väckte chauffören dem.

– Vi är alldeles strax framme i Falkenberg. Vilken adress ska ni till? undrade han. Anna och Karl såg på varandra.

– Kör oss till centralstationen sa Karl och ryckte på axlarna och såg på Anna. När de klev ur och skulle säga adjö och tacka för skjutsen tog Anna fram tio kronor och gav chauffören, som såg frågande ut.

– Om någon frågar om du skjutsat två ungdomar så säg i så fall att du körde norrut, mot Dalarna, sa Anna och blinkade med ögat. Chauffören nickade och tackade så mycket och gav sig sedan av den långa vägen tillbaka till Filipstad igen. Kvar utanför stationen stod nu de båda ungdomarna med en varsin väska i händerna. Stationen var öde och kallt och starka havsvindar svepte in över den lilla staden. Karl drog upp dragkedjan på sin jacka och såg sig omkring.

– Jaha, då var vi här…

– Då var vi här, upprepade Anna.

– Borde vi inte försöka sova lite, klockan är ju mycket, sa Karl.

– Jo det borde vi verkligen. Men var?

– Det får nog tyvärr bli utomhus i natt, suckade Karl.

– Jag misstänkte det, sa Anna.

– Ja, det får nog bli så i natt. Men i morgon måste vi hitta någonstans inomhus att sova. Tror du att vi fixar detta i natt?

– Jadå. Om vi bara kryper tätt intill varandra och sover med både mössa och vantar så borde det nog gå bra. Om vi bara hittar lä någonstans…

Karl sneglade på Anna. Han misstänkte att detta inte var vad hon hade tänkt sig. Kanske tänkte hon att det lät mer romantiskt än vad det var, att rymma hand i hand med den man älskade. Nu satt de hopkurade och frös mot en vägg bakom stations-huset i Falkenberg. Varken romantiskt eller bekvämt. Men han var väldigt trött nu. Det hade hänt många saker under dagen och de båda behövde verkligen få sova några timmar. Han fattade hennes kalla hand och såg på henne.

– Ska vi försöka blunda en stund? I morgon när vi vaknar så kanske det är varmt och skönt ute, försökte han.

– Ja vi försöker sova lite. Du Karl? Tack för… för allt idag. Du ska veta att jag är tacksam för att du gör för mig.

– Tack själv. Tack för att du tror på mig och att du inte ger upp på mig.

De kramade varandra och tryckte sig tätt ihop för att hålla värmen och de hoppades att de skulle somna snabbt och vakna upp till en ny och varmare dag.

Kapitel 13

Ett par hundra meter ifrån stationsbyggnaden gick en gammal man och rastade sin hund. Gubben var gammal och tanig och bar en sliten gammal kavaj och en lika sliten keps. Han tog små och korta steg och han haltade något. Klockan var mycket och det blåste kalla vindar. Han hoppades att hans lilla tax–tjej snart skulle göra ifrån sig så att han sedan kunde gå hem till sitt lilla hus igen och lägga sig. På en bänk en bit längre fram såg han två uteliggare. Han kände igen dem. De var välkända i staden och de var både suputer och halvkriminella. De hade aldrig gjort honom något, men han tyckte inte om dem. Med sur blick blängde han på dem när han gick förbi och bara för att de inte skulle få några idéer, sa han högt så de kunde höra.

– Ingen fara Sally, du ska inte bita någon ikväll, sa han och drog åt sig kopplet något för att låtsas som om hunden var farlig. I sakta gemak gick den gamle gubben vidare i riktning mot stationshuset. På håll såg han hur det satt två stycken tätt hopkrupna människor längs väggen. Han misstänkte att det var två uteliggare till, men när han var jämsides med dem, såg han till sin förvåning att det var ett ungt par som satt och frös. Bredvid dem stod en ryggsäck och en mindre resväska.

Men vad i hela fridens namn? Sitter det två ungdomar här och sover? En pojke och en flicka. Så oskyldiga de ser ut. De kan väl ändå inte vara uteliggare, för deras kläder ser ju hela och rena ut. Hur kan det komma sig att de sitter här? Här borde de verkligen inte sitta och sova, de kan ju bli rånade av de där två busarna där borta. Jag ger mig sjutton på att så fort jag och Sally har gått härifrån så kommer busarna där borta att försöka sno åt sig ungdomarnas väskor. Det går verkligen inte för sig! Gubben gick fram lite försiktigt till Karl och Anna och harklade sig. De reagerade inte. Han harklade sig ännu en gång men lite högre. De båda ryckte till av ljudet och när Anna öppnade ögonen och såg den gamla tanige mannen med de slitna kläderna så flämtade hon till. Genast backade han ett par steg.

– Såja, ta det lugnt ungdomar! Jag vill er inget illa. Det är inte meningen att störa er, men det här är ingen bra plats för er att sova, förstår ni.

– Nä det kanske det inte är, men just nu har vi ingen annanstans att ta vägen, huttrade Karl och såg skeptiskt på gubben. Han hade ju ingen aning om vad det var för en typ som stod framför dem såhär sent på kvällen. Gubben tog försiktigt ett steg närmare och viskade till dem.

– Om jag vore er skulle jag söka upp ett annat ställe att sova på, för det sitter två skumma typer en bit bort och de skulle jag inte lita på om jag vore er.

– Vaddå skumma? Är de kriminella? Rånare? undrade Anna. Gubben nickade och såg allvarligt på dem.

– Om ni vill så kan ni få bo hos mig i natt. Jag brukar hyra ut ett rum i mitt hus för att dryga ut ekonomin lite. Men en natt kan jag väl bjuda på, så ni slipper frysa och kanske till och med slipper rånade på köpet, sa gubben. Anna tyckte han såg snäll ut. Och lite läskig. Hon tittade på den lilla taxen som satt snällt bredvid gubben. Karl såg på Anna och hon frös så hon skakade. Han var fortfarande lite skeptisk till gubben, men de behövde verkligen komma in i värmen nu. Inte heller vågade de stanna kvar här, då det tydligen fanns skumma typer i närheten.

– Tack det var väldigt vänligt av er. Men vi betalar naturligtvis för oss, sa Karl och reste sig upp på stela ben.

– Vet ni vad? Jag bjuder på första natten och är det så att ni vill bo där flera nätter så kan vi diskutera priset, sa gubben och log så att Anna såg hur ett par av framtänderna saknades.

– Okej, vi följer med, sa Karl.

– Det gör ni rätt i. En sån här plats är inget och ha för ungdomar som er. Jag hete Ivar förresten. Ivar Rönnlund var namnet. Jag bor bar några undra meter härifrån i ett litet hus med två våningar. Övervåningen hyr jag ut ibland, men ingen har bott där på säkert ett halvår.

– Jag heter Karl Martinsson och det här är min käresta, Anna Wadenstierna.

– Karl och Anna, Karl och Anna… jag ska försöka komma ihåg era namn, men vi får väl se hur det blir med den saken, sa Ivar.

– Vad heter er hund, herr Rönnlund? undrade Anna.

– Den där lilla rackaren, det är Sally det. Hon är min bäste vän sedan tio år tillbaka. Hon börjar bli gammal nu och jag vet inte vem av oss som har svårast för att gå – hon eller jag, log gubben.

De kom fram till en stor tomt med ett vitt litet hus med övervåning. På brevlådan stod det **"I Rönnlund, Ängsvägen 10"** Det var mörkt ute, men Karl tyckte sig se att huset såg välskött ut. Lite längre in på tomten fanns ett rött skjul.

– Ja, här är det. Det är inte så stort, men det räcker för Sally och mig. Vi bor på bottenvåningen, hon och jag. För några år sedan, när knäna började värka och jag fick svårt att gå i trappor, kom jag på idén om att jag kunde hyra ut övervåningen, fortsatte Ivar. Ivar tog upp nyckelknippan ur byxfickan och låste upp dörren.

– Stig in bara!

Karl gick först in tätt följd av Anna och sist gick Ivar in. Det luktade instängt och precis så som man kan föreställa sig att det luktade hos en gammal gubbe. Hallen var liten och trång och direkt upp till vänster fanns en trappa som ledde upp till övervåningen. Dörren in till köket stod på glänt och han kunde se ett litet köksbord som stod vid ett fönster.

– Häng av er bara. Ert rum är där uppe. Det finns en toalett på övervåningen men ni får nog spola en stund i kranen för det var länge sedan någon använde den. Det kan komma lite rost i början, men det är inte farligt. Tyvärr finns inget varmvatten där uppe, men både varmvatten och ett badkar finns här nere.

Klockan är mycket och ni är säkert trötta. Gå nu upp och försök sova lite, så pratar vi mer i morgon, sa Ivar.

– Tack så hemskt mycket, herr Rönnlund, sa Anna och log.

– Ingen orsak. Och kalla mig bara för Ivar. Herr Rönnlund, det var min far det, sa Ivar och plirade med ögonen. Karl tog Annas resväska och sin ryggsäck och gick upp för den smala trappan. Det knakade i trappstegen och halvvägs upp ropade Ivar på dem.

– Jag glömde säga att ni måste vrida upp elementen för jag tror det kan vara lite kyligt där uppe. Rena sängkläder och lakan ska finnas på sängen, ropade han nerifrån hallen.

– Okej, jag ska skruva upp elementen. Tack så mycket och god natt Ivar! ropade Karl tillbaka. När de kom upp för trappan fanns ett litet allrum till vänster och till höger fanns deras sovrum. Rakt fram fanns toaletten. I allrummet fanns ett lågt bord med två fåtöljer och längs väggen fanns en byrå. Trasmattor fanns i båda rummen, plus en liten trasmatta utanför toaletten. Sovrummet var ganska stort men spartanskt inrett och innehöll bara en säng och ett litet skrivbord, men det såg rent ut överallt. I ena änden fanns ett litet pentry med överskåp. Precis som Ivar sa, så var det ganska kallt på övervåningen, men långt ifrån kylan ute vid stationen. Genast gick Karl och skruvade upp värmen i båda rummen.

– Det finns bara en säng, sa Karl och såg på Anna.

– Det blir trångt men mysigt, sa Anna. De satte sig på sängkanten och såg på varandra.

– Vad säger du? Går det bra att sova här i natt? undrade Karl.

– Det här blir inga problem alls. Jag är inte knusslig av mig och det verkar ju vara rent, även om standarden inte är vad jag är van vid, viskade hon.

– Fast det här är bättre än min standard i skrubben på Solbacken, skrattade Karl. Han pustade högt.

– Vilken dag!

– Ja verkligen. Men nu är vi här, i Falkenberg av alla städer, hos en snäll farbror.

– Ja. Vilken tur att han väckte oss, annars kanske vi hade blivit rånade på både pengar och väskor. Ska vi försöka ta och sova lite nu? Klockan börjar närma sig halv tolv, sa Karl.

– Det gör vi. Tack så mycket för idag och för att du hjälpte mig att sätta den där häxan Ann–Sofie på plats.

– Tack själv. Ångrar du att du följde med mig?

– Aldrig i livet! Jag har ingen aning om vad som väntar oss i morgon, men jag tror det löser sig. Förr eller senare, ska du se. Tänk om vi får bo här några nätter till?

– Ja det får vi säkert. Har vi råd med det, tror du? undrade Karl.

– Det beror väl på vad han ska ha i hyra, förstås.

– Vad händer härnäst med oss? Vi måste väl försöka skaffa oss jobb, så vi kan försörja oss? sa Karl.

– Ja jag antar det. Men vi får ta en dag i sänder. På något sätt måste kunna få råd att köpa mat. Nu är jag så trött att jag mår illa, sa Anna och kröp ner i sängen.

– Ja nu sover vi, sa Karl. Han gick bort till elementet och kände på det.

– Nu börjar de bli varma. Snart är det varmt och gott här inne, sa han och kröp ner bredvid Anna. De pussades och Karl la sig tätt intill Anna som fortfarande frös.

Kapitel 14

På Solbacken rådde totalt kaos. Gösta och lärarna diskuterade om hur de skulle få fram den skyldige till bajamaja–incidenten och han var livrädd att detta skulle smutskasta sin skola. Birgitta erbjöd sig motvilligt att skjutsa Ann–Sofie hem till sig för att låna ut sin dusch. Innan de åkte klädde hon in passagerarsätet med jutesäckar så att ingen avföring från Ann–Sofies kläder skulle hamna i bilen. De gav sig iväg och Birgitta rynkade på näsan och satte på så mycket fläkt hon kunde i bilen. Bredvid satt Ann-Sofie och kände sig dum och hon bad om ursäkt för att hon förpestade bilen med bajslukt. När de hade kommit fyra kilometer från skolan så började motorn bete sig konstigt. Den började att hacka och rycka i motorn och till slut stannade bilen mitt på vägen. Ingen av dem visste någonting om motorer. Birgitta tänkte att det kanske kunde stå något om hackande motorer i bilens instruktionsbok som låg i handskfacket, men när hon öppnade luckan hittade hon ingen instruktionsbok, däremot tre stycken tidningar med nakna damer som prydde omslaget. Med en hög flämtning tog hon upp dem i handen och hon läste vad som stod med stora bokstäver på den översta tidningen, *"Det finns flera av fars tidningar i hans högra skrivbordslåda på hans kontor. /Karl"*.

– Näe, vet du vad! Vad i allsin dar är detta?! Läser Gösta sånt här? Vilken snuskhummer! Det trodde jag inte om honom! Han ska allt få förklara sig när jag kommer tillbaka! skrek Birgitta som var utom sig av raseri. Hon slängde tidningarna i diket och började gråta av besvikelse. Det enda alternativet för dem nu var att börja gå hem till Göstas och Birgittas hus i Filipstad. Ann-Sofie började gråta igen när hon förstod att hon skulle behöva lukta skit ytterligare en bra stund innan hon fick duscha.

Anna hade tidigare under veckan lovat att ringa sin mor och grattat henne på födelsedagen, som var just denna dag. Hon hade frågat Gösta om lov att låna hans telefon, vilket han naturligtvis hade sagt ja till. Men när dottern inte ringde efter skoldagens slut som hon lovat, började Karin undra om någonting hade hänt. Därför ringde hon själv upp rektorn och frågade om han möjligtvis hade sett till Anna. Ytterst motvilligt var Gösta tvungen att erkänna att hon och Karl hade lämnat skolområdet utan lov. En halvtimme senare hördes en tvärnit utanför på grusgången. Strax därpå stövlade självaste Sigvard Wadenstierna in på Göstas kontor.

– Nej men herr Wadenstierna! Så angenämt att få träffa er, sa Gösta och sträckte fram handen för att hälsa. Men Sigvard var inte på humör för något fjäsk, han ville veta var hans dotter var.

– Jag avstår från era artigheter! Vad i helsicke har ni gjort av min dotter?! skrek han rakt i ansiktet på Gösta.

– Herr Wadenstierna, låt mig förklara... försökte Gösta, men Sigvard avbröt honom.

– Jag är inte intresserad av några förklaringar, jag vill veta var Anna är! Ni har väl ändå yttersta ansvaret här på skolan?

– Ja, jo naturligtvis. Men nu är de så, tyvärr, att det verkar som så att min son Karl och er dotter har rymt härifrån dessvärre, sa Gösta och såg dum ut.

– Vafalls! Står ni här och säger att Karl har kidnappat Anna?

– Nä inte alls. Det förefaller som så att de båda var överens om att rymma...

– Men varför i glödheta helvete står ni här för då, istället för att leta efter dem?! dundrade Sigvard vidare.

– Jo, för vi hade ytterligare en liten incident här på skolan idag som jag var tvungen att ta itu med. Men nu är den saken utredd så givetvis ska jag ta bilen och börja leta efter dem. Så fort min fru Birgitta kommer tillbaka med bilen vill säga, stammade Gösta som nu hade börjat svettas i pannan.

– Så ni menar att en annan incident går före att leta efter min dotter?

– Ja. Eller, nej självfallet inte herr Wadenstierna. Men vi har inga fler bilar här på skolan nu, för lärarna har åkt hem för dagen. Men min fru...

– Svammel! Ni är verkligen en skamfläck för den här skolan, herr Martinsson! Jag har en bil så jag kan minsann leta och jag förutsätter att du letar du med så fort du får tag på din bil. Tala bara om åt vilket håll ni tror att de rymde så kör jag efter. Gick de eller cyklade de?

– Jag misstänker att de tog Karls moped, för den står inte kvar i garaget längre, sa Gösta sammanbitet.

– Satan också! skrek Sigvard och vände på klacken och stegade ut från rummet. Hela resterande eftermiddagen och kvällen körde Sigvard runt i varenda vrå som fanns i Filipstad och letade efter Anna, men utan resultat.

Kapitel 15

Morgonen därpå vaknade Karl med ett ryck av att ytterdörren slogs igen en trappa ner. Han reste hastigt på sig. Det tog några sekunder innan han insåg var han befann sig. Anna sov fortfarande. Han reste sig försiktigt och såg ut genom fönstret. Där ute på tomten såg han hur Ivar gick med små steg bort mot brevlådan. Bredvid sig gick han sin gamla hund och nosade. Med en liten knuff petade han på Anna, som slog upp ögonen.

– God morgon.

– God morgon själv, gumman. Sovit gott?

– Mm, sa Anna och sträckte på sig.

– Har du varit vaken länge? undrade hon.

– Nä. Vaknade nyss av att gubben slog i ytterdörren. Han är ute på tomten och rastar hunden. De är på väg in nu igen, sa Karl och sträckte på sig för att se ut genom fönstret från sängkanten.

– Vad pinsamt det känns och vakna upp hemma hos en främmande karl. Tror du att vi får någon frukost? Eller måste vi försöka få tag på mat nere på stan? undrade hon.

– Jag har ingen aning. Jag går ner till honom och kollar läget. Du kan vänta här om du vill, sa Karl och klädde på sig byxor och tröja. Därefter tassade han ner för trappen och knackade försiktigt på dörren till köket.

– Kom in du bara! hördes det inifrån köket.

– God morgon Ivar.

– God morgon unge man. Har ni sovit gott du och din käresta?

– Ja tack det har vi gjort. Jag ville bara passa på att tacka så hemskt mycket för vänligheten att låta oss sova här, sa Karl.

– Åh, ingen fara! Bara roligt att få kunna hjälpa till. Kaffet är klart. Om Anna är vaken också så får ni gärna slå er ner. Jag brukar alltid äta havregrynsgröt till frukost, hoppas det passar? undrade Ivar.

– Öh, ja absolut. Tack så mycket, men inte behöver ni bjuda på grötfrukost, sa Karl generat.

– Det är väl klart att ni ska ha frukost. Och det var ju tur att ni äter havregrynsgröt, för det är den enda frukost jag har, skrattade Ivar hjärtligt.

– Men jag ska gå upp och hämta Anna så kommer vi ner strax då.

Några minuter senare satt de samlade i köket. Gröten var uppäten och kaffekopparna halvfulla. De hade hittills bara hållit sig till artighetsfraser, men Ivar var nu nyfiken på vilka de var som hade gästat hans hus i natt.

– Det är ju inte meningen att snoka, men jag hör ju på er dialekt att ni inte kommer från trakterna. Men ni har inte samma dialekt, ni två. Kan det var Värmland? undrade han och såg på Karl.

– Ja det stämmer, jag kommer från Filipstad.

– Värmländska är vackert, det. Och ni, fröken? Kan det vara Stockholm? undrade Ivar och såg på Anna.

– Jag kommer från Gävle, men flyttade till Hagfors för några månader sedan och det var där Karl och jag träffades. Eller rättare sagt, på Solbackens internatskola, sa hon och såg på Karl med förälskad blick.

– Ja se där ja. Och nu sitter ni här i Falkenberg i köket hos en gammal skröplig gubbe!

– Så gammal är ni inte, sa Anna.

– Åjo, gubben framför er är faktiskt hela åttiotre år. Men hur kommer det sig att jag hittade er två ungdomar frysandes sent i går kväll? Är ni i knipa på något sätt? frågade Ivar. Karl och Anna såg på varandra.

– Det kan hända att vi är i knipa, men jag försäkrar er att vi inte på något sätt är kriminella. Det är väl lika bra att säga som det är, för egentligen har vi inget att skämmas för, Anna och jag. Det är så att jag och Anna fattade tycke för varandra i höstas. Hon kom ny till skolan där jag arbetade som vaktmästare. Men ingen av våra föräldrar accepterade att vi älskade varandra, för Anna kommer från en finare släkt och hon har en far som inte tycker att det duger att hon har sällskap med någon som jobbar som simpel vaktmästare. Och min far, som är rektor på den skola Anna går och jag jobbar som vaktmästare, har fått för sig att jag skulle på något sätt dra ner skolans rykte om jag är tillsammans med Anna. Dessutom… så är det inte alltid far är så snäll mot mig, varken verbalt eller fysiskt, sa Karl och såg ner i bordet. Han skämdes för att säga att han får stryk av sin egen far, men tyckte att det var lika bra att Ivar fick veta sanningen.

– Men kära ni! Sicket elände, tänk vad de vuxna kan ställa till det när de tror att de kan bestämma hur som helst! Jag såg på ditt öga att det hade hänt något, men ville inte lägga mig i. Så nu är ni på rymmen med andra ord? frågade Ivar och verkade fara illa av Karls berättelse.

– Ja det är vi. Det var av en slump att vi hamnade just här i Falkenberg. Vi kunde lika gärna ha rymt till vilken ort som helst så länge det var långt ifrån Solbacken, sa Anna.

– På så vis. Men vad har ni för planer nu då?

– Vi har inga. Det enda vi visste var att vi behövde komma bort från våra föräldrar. Om jag inte hade rymt så hade mina föräldrar skickat mig till en skola i Stockholm redan till helgen, men jag vägrar! Jag vill inte flytta dit, jag vill vara tillsammans med Karl och han vill vara med mig. Och enda sättet för oss att vara tillsammans var att rymma, suckade Anna.

– Hm, jag förstår. Jag kan inte begripa vad det ska vara bra för, att hindra två personer som älskar varandra få vara tillsammans… Men ni ska veta att här hemma hos mig kan ni känna er trygga. Här får ni bo så länge ni vill, jag är bara glad om jag får lite sällskap. För även om jag har min lilla Sally att småprata med så är det ju ändå skillnad att prata med människor, det går inte att sticka under stol med. Ni kanske undrar vem jag är för en gubbstrutt? Jag kan väl lite kortfattat säga att jag är änkeman sedan länge. Det måste vara tjugofem år sedan nu. Jag minns det så väl, för det var samma dag som Malmö frihamn invigdes av Gustav den femte… Nåväl, min fru Signe gick bort alldeles för tidigt i tuberkulos, förstår ni. Men det var länge sedan nu. Vi bodde tillsammans i det här huset i många år. Ja, jag var med och byggde det till och med, fortsatte Ivar. Både Anna och Karl började tycka om den gamle gubben alltmer ju mer han pratade.

– Har ni varit med och byggt det här huset? sa Karl förvånat.

– Jajamänsan, från husgrunden till taknocken, sa Ivar stolt.

– Men från början fanns det inget vatten indraget, det gjorde vi långt senare.

– Så ni har bott här i hela ert vuxna liv? frågade Anna nyfiket.

– Ja, så är det allt. När Signe gick bort så blev det för tyst och ensamt i huset, så jag skaffade mig en hund. Lilla Sally här är den tredje vovven jag ägt sedan hon dog, sa Ivar och klappade hunden som stod bredvid honom.

– Ivar, jag tror nog att både Anna och jag är överens om att om vi får, så bor vi gärna kvar här ett tag till.

– Nämen var roligt! Som ni såg själva så finns ju både toalett och ett litet pentry där uppe. Det är förstås inte så flott som ni är vad vid Anna, men det kanske kan duga tills ni hittar något annat?

– Vi tycker det är jättefint här, Ivar. Men ni får tala om vad ni vill ha i hyra och om ni vill ha förskottsbetalning. Pengar har vi, men ingen inkomst så jag vet inte hur länge vi har råd att stanna kvar här, sa Anna.

– Hyran ja… tja om jag får lite så det täcker till utgifterna till hundmaten och lite snus så duger det alldeles utmärkt. Inte har väl jag vett att ta något vidare betalt av några som inga jobb har och är på rymmen. Betalningen kan vi ta veckovis, om det passar er?

– Absolut, ännu en gång stort tack! Apropå jobb, har ni någon aning om vart man ska vända sig någonstans om arbete här i stan? Jag har ju arbetat som vaktmästare och är ganska händig, sa Karl.

– Åh, jag vet inte det. Kanske de behöver hjälp nere i hamnen vid fiskebåtarna. Men låt mig höra mig för lite grann, jag känner en del folk här i stan.

– Tack, vad snällt! sa Karl.

Lite senare gick Anna och Karl ner på stan för att bekanta sig med omgivningen. Falkenberg visade sig vara en mysig stad med en trevlig liten hamn. Folket var trevligt och byggnaderna kring torget var vackra. De klev in på ett ställe i Gamla Stan mittemot Sankt Laurentii kyrka där de steg in för att äta lunch. Karl kände sig något vilsen då han inte var van att äta på restaurang. Bara en gång tidigare hade han ätit ute vad han kunde minnas och det var vid ett tillfälle då Gösta fyllt år. Anna däremot såg ut att känna sig hemma. I Gävle brukade familjen äta på restaurang minst en gång i veckan så för henne var detta inga konstigheter. Anna sa till kyparen vant att hon önskade ett bord för två. De fick ett bord vid fönstret och Karl drog gentlemannamässigt ut stolen åt Anna. De beställde båda in pannbiff, sås och potatis med ärtor och lingonsylt till.

– Såhär har vi inte råd att äta varje dag, sa Karl och suckade.

– Nä, men det får gå för idag. Dessutom behövde vi nog få sitta ner själva du och jag och bara ta det lugnt och äta och prata lite, sa Anna.

– Ja, det har varit några hektiska dagar för oss. Vi behöver varva ner lite grann och slå oss till ro, känner jag. Jag måste säga att jag känner mig väldigt fri just nu. Även om jag känner mig pressad att skaffa ett arbete så har jag ingen som jag behöver stå till svars för varje dag och någon som hela tiden kommer med spydigheter och talar om hur dåligt man har gjort sitt jobb. Det vore skönt att någon gång få höra att man gör någonting som är bra någon gång. Men den dagen kanske kommer. Jag känner mig både fri, frigjord och lycklig just nu faktiskt och jag känner mig så tacksam för att just du sitter mittemot mig, sa Karl.

– Fri var rätta ordet. Vi är fyrtio mil från de som har bestämt åt oss innan men här är det vi själva som bestämmer. Känn ingen press på att få arbete, du ska se att Ivar känner någon som kanske behöver en extra hand. Låt oss ta en dag i taget så ska du se att allt löser sig, sa Anna och la sin han på hans. Men han suckade djupt.

– Jag önskar så att jag kunde få försörja dig, jag önskar att jag för en gångs skull kunde tjäna tillräckligt med pengar så att det kanske till och med kunde bli lite över någon gång. För jag har aldrig varit med om det innan. Jag har levt på existensminimum på den usla lön jag fått av far. Men även om jag skulle få ett jobb, kanske till och med välbetalt jobb, så kommer jag aldrig kunna komma upp i den klass som du är van vid, sa Karl och såg bekymrad ut.

– Men älskling, så ska du inte känna! Det måhända att jag är van att leva i flott, men som jag har sagt till dig tidigare så är det inte lyx som jag uppskattar här i livet, det vet du ju. Det viktigaste för mig är att få älska och känna mig älskad och det är precis vad jag gör med dig! Om du tjänar mycket eller lite, det spelar ingen som helst roll för mig. Bara vi har tillräckligt så vi inte behöver vara hungriga och har tak över huvudet så är jag mer än nöjd. Snälla, ha inte press på dig!

– Okej, jag ska försöka. Tack för att… för att du är du. Du är en helt otrolig tjej. Det är nog få adliga tjejer som har den fina inställningen till saker och ting som du, Anna. Du ska veta att jag kommer att kämpa för oss, för att vi ska få det bra tillsammans. Ännu vet jag inte hur jag ska lyckas, men jag tänker aldrig ge upp, sa Karl och såg mycket bestämd ut.

– Jag vet. Du kommer aldrig att ge upp om att vi ska ha det bra tillsammans. Det är en av anledningarna till att jag känner mig så trygg med dig. Men det är bara en av alla dina fina egenskaper. Söt är du med! Kom nu så fortsätter vi utforska den här fina lilla staden innan vi går hem till Ivar igen.

De lämnade restaurangen mätta och belåtna och gick vidare längs storgatan och ner mot hamnområdet. Vädret var klart och luften var varmare än på länge denna fina marsdag. På eftermiddagen kom de hem till Ivars hus igen. Han satt på trappen i solskenet och bredvid honom låg Sally och viftade glatt på svansen när hon såg dem komma. Han hörde inte så bra nuförtiden och ryckte till lite när han märkte att de kom.

– God dag på er ungdomar! Där är ni ju. Jag sitter här i njuter i vårsolen.

– God dag Ivar! Ni ser ut att ha det gott här på trappen, sa Anna.

– Jajamän, man ska inte klaga. Har ni varit och bekantat er med stan lite?

– Ja, vi har tagit en rejäl promenad och sett oss omkring. Vi tog även en lunch på restaurangen nere i centrum.

– Se där ja. Jag och Sally tog förresten en sväng ner till mitt gamla jobb och hörde mig för om de behövde folk.

– Gjorde du? sa Karl spänt.

– Ja, ni vet, jag jobbade ju som brevbärare i många år. Jag vet inte om det kan vara någonting för dig, men jag frågade i alla fall chefen där. Han kände igen mig, för det var min gamle chefs pojk som var bas där nu och han skulle fundera lite och återkomma inom en vecka.

– Åh, tack så mycket för att ni ville fråga, sa Karl.

– Man får göra vad man kan. Nä, nu går vi in och tar lite eftermiddagskaffe, sa Ivar och reste sig upp på skraltiga ben.

Dagarna gick. Karl och Anna bekantade sig alltmer med Ivar och de blev allt mer förtjusta i den gamle mannen. Då ingen av dem har någonting att göra om dagarna, berättade han gärna om sitt liv. Han berättade att han föddes strax utanför Falkenberg och växte upp på landet. Vidare berättade han om hur det var att ha varit med om två världskrig och om sin fru och om att aldrig ha fått några barn. Det blev sena kvällar och många historier, men både Karl och Anna satt tysta som ljus när gubben berättade sina historier. Varje dag tog de långa promenader i trakten. Trots att det var vår och det gick mot ljusare tider och de äntligen var fria och bestämde över sig själva så oroade sig Anna för om Sigvard på något sätt skulle lyckas söka upp henne. Karl hade inte riktigt samma känsla om Gösta och hade inte alls samma oro.

En eftermiddag fick Ivar ett brev. Det var från Postverket. Det visade sig att de eventuellt kunde tänka sig att anställa Karl som brevbärare i norra änden av staden, men de ville gärna träffa honom först innan de fattade något beslut. Det var för långt för Ivar att följa med att visa, men han beskrev var Postverket låg någonstans. En tisdagsmorgon var Karl på väg till adressen som Ivar skrivit ner. Med skakiga ben och vattenkammat hår gick han dit på intervju. Hemma hos Ivar väntade Anna nervöst uppe på deras rum. Det var så mycket som stod på spel nu. De behövde verkligen en inkomst nu. Mycket av de pengar de lyckades få med sig från Solbacken hade gått åt till den långa taxiresan och det lilla som fanns kvar var tvunget att räcka till mat och hyra till Ivar. Efter någon timme hörde hon hur ytterdörren öppnades och slogs igen och att någon sprang upp för trappan. Karl öppnade dörren och Anna möttes av ett enda stort leende.

– Jag fick jobbet! skrek Karl och kramade om Anna hårt.

– Åh, Karl! Vad glad jag blir! Jag visste väl att det skulle lösa sig. När får du börja?

– Redan i morgon. Jag ska få en egen postcykel och särskilda kläder. Det var väl inte jättebra betalt, men tillräckligt tror jag för att jag ska kunna försörja oss, sa Karl uppspelt. Äntligen såg allt ut att ljusna. De hade nu både husrum och snart en inkomst och de kände att livet gick åt rätt håll.

Kapitel 16

I direktörsvillan utanför Hagfors var det allt annat än lugn och ro. Sigvard var utom sig av både ilska och oro över att hans dotter var försvunnen. Han hade kopplat in polisen och de letade för fullt efter hans dotter. De hade försökt med dörrknackningar i både Hagfors och Filipstad. Sigvard hade till och med satt upp lappar på stan där det stod att varje tips som gav någon värdefull information skulle belönas, men efter tio dagar fanns ännu inget spår efter Anna och Karl. Mopeden hittades några dagar senare hemma hos en fjortonårig pojk som hade snott den nere på stan dagen efter att Karl hade ställt den utanför stationen i Filipstad. Sigvard hade övertalat polisen om att utvidga sökningarna i en större radie, men ju större radie ju svårare skulle det bli att försöka spåra dem, förklarade polisen.

Det blev tidiga morgnar och långa dagar för Karl med jobbet som brevbärare, men han var van med långa dagar och han klarade av jobbet bra. Det hade nu gått tre veckor sedan de lämnade Solbacken och Karl hade fått sin första lön. Det var inte mycket men avsevärt bättre betalt än vad han fick av Gösta. Om kvällarna gick de ofta ner till havet och gick längs stranden vid området som kallades Skrea strand. Karl hade märkt att Anna oroade sig för något. Någonting var inte som det skulle. Hon hade förändrats i humöret och var känsligare i sättet än tidigare. Det var nästan folktomt på den långa stranden. Vädret var soligt och det blåste inte lika mycket som tidigare under veckan. De små vågorna slog in försiktigt upp över strandkanten. Om tre månader skulle det vara fullt av folk som lapade sol på stora filtar, barn skulle bada och leka, men än så länge var vattnet kallt.

– Anna, jag ser att det är någonting som tynger dig. Är det något jag kan göra för dig? frågade Karl oroligt. Anna svarade inte utan fortsatte bara rakt fram som om hon inte hade hört hans fråga. Han tog försiktigt tag om hennes arm och stannade.

– Jag ser ju att du grubblar på något. Snälla, vad är det? har jag gjort något? Har det hänt något? undrade han igen. Anna började plötsligt gråta och gömde sitt ansikte i Karls famn. De stod så en stund tills hon hade lugnat ner sig en smula.

– Karl, jag tror att jag är med barn! sa Anna och såg på Karl med rödsprängda ögon.

– Va?! Men… jaha… Oj! Jag vet inte vad jag ska säga. Är du säker?

– Ja! Helt säker. Jag har spytt varenda morgon den senaste tiden. Jag fattade inte först vad det berodde på, men nu är jag säker, jag är med barn.

– Det var jag inte riktigt beredd på. Men… att du är med barn, det är väl bra, antar jag? Fast väldigt förvånande, sa Karl som inte riktigt visste vad han skulle säga. Detta var verkligen ingenting han hade kunnat tro. Anna började gråta igen.

– Jag trodde du skulle bli besviken och arg på mig!

– Varför skulle jag det?

– Jag vet inte. Men mest av allt är jag rädd att du ska lämna mig, nu när du har gjort mig gravid, snyftade Anna.

– Men! Det var det dummaste jag har hört! Varför skulle jag göra det? Tvärtom! Ett litet barn binder ju oss samman ännu mer. Jag tänker aldrig lämna dig, Anna Wadenstierna! Aldrig någonsin. Jag blev bara lite chockad, jag var inte riktigt beredd på detta. Det var ju inte direkt planerat och det är ju lite tidigt i förhållandet, kanske… Men det här innebär ju att vi snart är en riktig liten familj! sa Karl och log stort. Anna torkade sina tårar och skrattade mellan snyftningarna.

– Ja det gör det ju. Vi ska få barn du och jag. Vi ska bli en familj! utbrast Anna och nu som först vågade hon slappna av. Nu som först släppte all oro och spänning. Hon, som hade varit rädd att Karl skulle bli rädd och lämna henne när hon berättade om nyheten. Men det gjorde han inte och hon skämdes för sina tankar om sin pojkvän. Hon visste bättre innerst inne, hon visste att Karl var en kille att lita på.

Samtidigt hade polisen fått reda på att en taxi som tillhörde Filipstad hade siktats i Alingsås samma kväll som Anna och Karl rymde. När Sigvard fick redan på detta bestämde han sig på en gång för att åka efter och hjälpa polisen att leta. Karin försökte få honom att stanna hemma och låta polisen sköta sitt jobb själva, men Sigvard var oresonabel.

– Snälla Sigvard, du kan väl ändå stanna hemma? Inte kan du väl åka ända till Alingsås? Hur ska du börja leta där? De kan ju vara var som helst. Ge dem lite tid, så kanske de inser att det inte är så lätt att vara på rymmen. De kommer nog tillbaka hem igen snart, ska du se.

– Aldrig! Jag ska minsann hitta dem. Min dotter ska inte rymma iväg men någon satans lodis! Tänk om folk får veta att Anna är tillsammans med nån jäkla andra klassens arbetare! Hon drar ju ner vårt rykte i smutsen. Det går sannerligen inte för sig! Nä, jag ska leta upp henne och plocka hem henne om det så ska behöva finkamma hela Sverige! Vi Wadenstiernas har inget annat än adligt blod i våra ådror och så ska det förbli, sa Sigvard som var vansinnig. En hel del av ilskan riktade han mot Anna, men mest mot Karl som hade "lurat med sig" hans dotter. En vecka senare hade Sigvard och polis från både Filipstad och Alingsås sökt igenom staden utan resultat. Visserligen ville han hitta Anna till varje pris och så snart som möjligt, men att sätta ut annons i större tidningar var uteslutet då han inte ville att folk skulle veta att en Wadenstierna hade rymt från sin skola.

Annas graviditet var besvärlig. Inte nog med att hon spydde varje morgon. Resten av dagarna var hon ständigt lite illamående och gjorde inte så mycket annat än höll sig hemma i huset hos Ivar medan Karl arbetade. Hon trivdes i Ivars sällskap och de kom varandra nära in på livet. Hennes mage hade vuxit och det gick inte att ta miste på att hon var havande. En eftermiddag i slutet av maj knackade på dörren hos Ivar. Med möda reste han på sig och gick sakta bort och öppnade dörren. Utanför stod en rundlagd och välklädd man i övre medelåldern med stor mustasch.

– God dag, jag söker Anna Wadenstierna, sa han bestämt. Ivar blev ställd men förstod snabbt att detta var Annas far.

– Anna? Det finns ingen Anna på den här adressen, min herre måste ha gått fel, sa Ivar och försökte stänga dörren. Men Sigvard satte foten emellan och slet upp dörren igen så att Ivar nästan tappade balansen.

– Försök inte, jag vet att Anna och den där vaktmästaren håller till här! Jag vill tala med Anna genast! röt Sigvard. Anna, som befunnit sig i sitt rum på övervåningen hade hört allt. Hon insåg att det inte var någon idé att ens försöka hålla sig undan och gick ner för trappan.

– Det är ingen fara Ivar. Var snäll och gå in till ditt kök, jag tar hand om det här, sa Anna lågmält. Ivar såg förskräckt ut men gjorde som Anna bad honom och stapplade in till köket och stängde dörren.

– Jaså, det är här du gömmer dig! Vad är det du håller på med egentligen! Va? Smita iväg med den där nollan och dessutom lämna dina åtaganden i skolan! röt Sigvard. Anna svarade inte, utan satte sig försiktigt ner på ett utav trappstegen. Hon tog sig för magen och pustade av illamående. Sigvards ögon blev stora som golfbollar och stirrade på hennes mage.

– Vafalls! Vad enda in i glödheta helvete! Vad har han gjort med dig, flicka lilla? Är du på tjocken?!

– Ja far, det ser du väl! Och det heter gravid, sa Anna och blängde på sin far. Sigvard kunde knappt tro sina ögon och hade aldrig tidigare varit så nära hjärtinfarkt som nu. Detta var det sista han trodde om sin dotter. Chocken övergick snabbt till raseri.

– Anna Wadenstierna, du är en skam för familjen! Du följer omedelbart hem med mig! I det här rucklet till hus kan du inte stanna en sekund till, se till att packa dina saker genast!

– Aldrig i livet! Jag stannar här! Jag och Karl bor här nu och här tänker vi stanna! skrek Anna tillbaka. Sigvards ansikte var knallrött och fick knappt fram ett endaste ord.

– Du… du är en skam för familjen, Anna! Hur kunde du svika oss så? Rymma ifrån oss och skolan med en oduglig?! skrek han återigen. I samma sekund öppnades ytterdörren bakom Sigvard. Det var Karl som kom hem från jobbet. Sigvard vände sig om.

– Jaså! Där är han ju, oduglingen som tror att han kan röva bort min dotter ostraffat! Vet du om att du kan få fängelse för det du har gjort? Din satans tattare, se här vad du har ställt till med! skrek han och pekade på Annas mage. Men Karl blev inte rädd för Sigvard, för skäll hade han fått hela livet och var van vid det. Istället stod han på sig, för en gångs skull.

– Jag har inte alls rövat bort er dotter, hon följde med frivilligt. Anna stannar här med mig, vare sig ni vill eller ej! sa Karl trotsigt.

– I helvete heller! Du är bara ute efter min familjs pengar, säg som det är! Men det kan du glömma! Anna, du följer med mig hem till Hagfors nu med detsamma. Det är slut på de här dumheterna. Du ska med mig hem och sedan så ska jag se till att du börjar på den nya skolan i Stockholm så snart som möjligt. Den här grabben har ingenting att erbjuda dig, du har ingen framtid med honom, inser du inte det? sa Sigvard och tog Anna i armen och började dra. Karl reagerade instinktivt. Han släppte sin påse med lunchlådan i hallgolvet och knuffade undan Sigvard hårt så att han släppte tag om Anna och ramlade in i väggen.

– Ni rör henne inte! Om Anna vill stanna här så gör hon det. Hon har egen vilja och ni ska inte bestämma över henne! skrek Karl.

– Din jävel! Ditt förbannade patrask! skrek Sigvard ursinnigt och svingade en rak högerkrok rakt i ansiktet på Karl. Han var inte bredd på detta, men slaget var inte kraftigt men läppen sprack och det började blöda. Tusen tankar for i huvudet på honom och orden från Sigvard ekade. *"Odugling, satans tattare, förbannade patrask!"* Alla dessa hånfulla ord mitt framför kvinnan han älskade blev för mycket för Karl och för första gången i sitt liv slog han tillbaka. En riktig rallarsving träffade Sigvard rakt på näsan och han trillade baklänges med ett skrik och segnade ner på golvet. Anna skrek förtvivlat. Stönande blev han sittandes på golvet med den blodiga näsan. Vädjande sträckte han sin hand mot Anna för att få hjälp upp, men hon ryggade tillbaka.

– Då så! Då har du gjort ditt val! Från och med nu får du klara dig själv. Jag gör härmed dig arvlös! Du är inte längre en av familjen! Jag förlåter dig aldrig! skrek Sigvard och försökte kravla sig upp från golvet.

– Jag vill inte ha det på annat sätt heller! Inte heller bryr jag mig om några pengar, men det har du aldrig begripit, far! Om du och mor inte kan acceptera att jag älskar Karl och vill leva med honom så kan det kvitta!

– Dårar! skrek han och haltade ut genom ytterdörren och smällde igen den så hårt han orkade. Karl sprang fram till Anna och satte sig bredvid henne i trappan.

–Förlåt Anna! Jag är så ledsen för att jag slog din far, men det bara blev så, jag klarade inte att ta emot mer skit.

– Jag förlåter såklart. Dessutom slog ju han dig först. Du ska inte behöva höra sådant skit, inte från någon. Du har hört tillräckligt i dina dagar. Snälla, låt oss gå upp på rummet. Här kan vi inte sitta, snyftade Anna. Karl hjälpte henne upp på benen igen och de gick upp och satte sig i sängen. Anna grät mot hans axel och han höll om henne och smekte hennes rygg med sakta lugnande rörelser. Efter en stund hade hon sansat sig och torkat sina tårar.

– Det var verkligen inte meningen att det skulle bli såhär, sa Karl.

– Det förstår jag. Men det jag tycker är mest jobbigt är att jag kommer att mista kontakten med mor. Far och jag har aldrig varit riktigt nära. Han har ju alltid jobbat så mycket och sällan haft tid för mig. Istället har han alltid köpt mycket presenter, antagligen för att döva sitt samvete. Men jag undrar om mor känner likadant för mig som far gör?

– Det tror jag väl ändå inte. Kanske Sigvard lugnar ner sig så småningom. Klart han vill träffa dig igen, ska du se. Låt det bara gå en tid så kommer han att höra av sig.

– Tror du verkligen det?

– Jadå, förr eller senare så löser det sig säkert, tröstade Karl, men innerst inne var han högst tveksam. Det värkte i hans hand och det dunkade i läppen. Ännu en gång hade han fått stryk så det blödde, men den här gången hade han gett tillbaka och han lovade sig själv att aldrig mer ta skit från någon, varken psykiskt eller fysiskt. Han var arton år nu och det var på tiden att han stod upp för sig själv.

Kapitel 17

I början av november samma år föddes Annas och Karls barn inne på sjukhuset i Falkenberg. Det blev en pojke som de valde att kalla Håkan. Allra helst önskade de att de kunde bo i en större lägenhet, men pengarna från Karls lön var inte tillräckligt för att ha råd med annat boende. Dessutom trivdes de bra i Ivars hus och han var en utmärkt hyresvärd som dessutom hade en låg hyra.

Julen år 1948 blir lugn, odramatisk och annorlunda. De firade den hemma hos Ivar nere i hans vardagsrum. Karl och Ivar hade hjälpt varandra att göra iordning mat såsom Janssons Frestelse, kokat en liten bit skinka och stekt prinskorvar. Ivar hade ordnat en liten flaska brännvin hos en granne längre ner på gatan. Anna hade försökt julpynta så gott hon kunde samtidigt som hon hade lille Håkan på armen. Hon hade även dekorerat en liten gran som Karl hade tagit in i Ivars vardagsrum. När de sedan satt och åt av maten på eftermiddagen, reste sig Ivar på sina skruttiga ben och höjde sitt snapsglas.

– Jag tänkte bara passa på att försöka säga några väl valda ord nu när vi alla är samlade. Först och främst så vill jag säga att ni två ska veta att jag är så oerhört tacksam att ni har kommit in i mitt liv. Jag har varit så ensam här i huset i så många år och jag är så glad att det är just ni som bor här ovanför mig. Det är nog inte många ungdomar som kan tänka sig bli vän med en gammal gubbstrutt som mig, men jag känner verkligen att vår vänskap är äkta, trots den stora åldersskillnaden.

Ivar tog en liten paus och samlade sig för ett ögonblick. Hans underläpp började darra lite men han lyckas samla sig igen. Anna och Karl satt helt tysta.

– Det här mina vänner, är den bästa julen jag haft på många, många år ska ni veta. De senaste tjugofem åren har jag firat julen själv här hemma och det har inte alltid varit så roligt. Gamla minnen från förr när Signe levde ploppar upp i skallen vid sådana här högtider och det kan bli lite jobbigt ibland, även om jag har gamla Sally hos mig. Jag ska ärligt säga att jag är en bra bit över åttio år som ni vet och jag hade inte mycket till livslust kvar, men tack vare er så känner jag att jag nog kommer att kämpa på ett par år till innan jag kilar runt hörnet och träffar Sankte Per, sa Ivar och höjde glaset. En tår letade sig fram under ena ögat och rann sakta ner på hans kind.

– Med detta vill jag bara säga ett stort tack, för att ni vill sitta här med mig ikväll, och skål och en fortsatt God jul på er och er lille fine son. Om han bara blir hälften så klok som sin far så kommer han att gå långt, sa Ivar och flinade så att gluggarna syntes i munnen. Anna fick tårar i ögonen av det fina talet och istället för att skåla, slängde hon sig om halsen på Ivar.

– Tack själv, Ivar! Vi är lika tacksamma själva för att du hade vänligheten att låta oss bo hos dig när vi var i knipa den där kalla och blåsiga kvällen. Utan dig så… så vet jag inte hur det hade gått för Karl och mig.

– Jag kan bara instämma vad Anna säger. Skål och tack för allt, Ivar! För mig är du den farfar jag aldrig haft. Och God jul! sa Karl och höjde sitt glas.

Knappt två år senare, hösten 1950. Karl jobbade fortfarande kvar som brevbärare och trivs med det. Det var ett enkelt jobb och han trivdes med att cykla runt på stadens alla små gator. Lille Håkan växte så det knakade och han brukade tulta runt i Ivars trädgård och hjälpa honom med att kratta löv eller leka i sandlådan som Ivar hade byggt åt honom. Anna hade för avsikt att försöka gå klart skolan så småningom, men så länge Håkan var liten så var det såklart svårt. Ivar var fortsatt ganska pigg för sin ålder, även om han hade lite svårt att gå. Ofta hjälpte Anna honom att rasta gamla Sally när hon och Håkan var ute på promenad i vagnen. En eftermiddag när Karl hade kommit hem från jobbet frågade Ivar om en tjänst.

– Jo jag tänkte fråga om du möjligtvis kunde tänka dig att köra mig i rullstolen bort till kyrkogården? undrade han lite förnärmat.

– Ja självklart! Låt mig bara gå upp till Anna och äta först så går vi sedan, sa Karl och gick upp till Anna och Håkan. En stund senare var de på väg bort mot kyrkogården som inte låg särskilt långt ifrån. I famnen hade han plockat några blommor som växte vilt i trädgården.

– Jaså är det Signes dag idag, frågade Karl medan han körde den gamle mannen i rullstolen.

– Nä det är inte hennes födelsedag. Däremot är det vår dag idag. Om hon hade levt hade vi just denna dag varit tillsammans i sjuttio år. Men tyvärr fick vi inte mer än fyrtiotre. Men det var fina år, de år vi fick må du tro, skrockade Ivar och log i sin rullstol. Karl började räkna åren i huvudet.

– Det tror jag säkert. Men då måste ni ha träffats när ni var femton, kan det stämma?

– Jajamän. Vi träffades redan under skoltiden. Vi gick på samma skola, Signe och jag. Vi lärde känna varandra långt innan vi var tonåringar, men vi blev inte tillsammans förrän vi var femton. Så vi träffades när vi var yngre än du och Anna.

– Otroligt att ni ändå höll ihop så många år ändå tycker jag. Många skiljer sig ju efter några år tillsammans, sa Karl.

– Ja men inte Signe och jag inte. Vi var kära i varandra i alla år. Vi var nästan aldrig oense om någonting. Det enda som kunde separera oss från varandra var döden. Så vi levde precis som vi än gång lovade varandra i Årstads kyrka, att älska varandra i nöd och lust tills döden skiljer oss åt. Ja, Årstad ligger en bit utanför samhället, Signe kom därifrån. När jag ser dig och Anna så ser jag så många likheter med mig och Signe. Jag ser i era ögon när ni ser på varandra att ni är upp över öronen förälskade, precis som jag och Signe var. Nu har vi inte långt kvar, där borta är kyrkogården. Vi brukade skoja om att den som blir kvar längst av oss får nära att gå hit och hälsa på den andre. Det blev visst jag...

Karl rullade in med Ivar på kyrkogården men gruset i grusgången var svår att köra i, vilket Ivar märkte.

– Du kan ställa rullstolen här, jag kan gå sista biten bort. Det blir inga problem att gå den lille biten. Väntar du här en liten stund? Jag ska bara ta ett par ord med Signe, sa Ivar och gick med tunga steg bort till graven. I ena handen höll han sin bukett med blommor han tidigare hade plockat. Karl satte sig på en bänk som fanns i närheten och såg på håll när Ivar stod med böjt huvud och sörjde sin fru.

Undra om jag och Anna får ett långt liv tillsammans? Jag hoppas verkligen det. Vi har än så länge bara hållit ihop i dryga två år, men jag känner mig lika nykär som i början. Nästan i alla fall. Jag tror nog att Anna känner likadant. Snart är vi båda tjugoett år och då får vi gifta oss om vi vill. Jag vet att jag vill i alla fall. Det kanske blir dags att börja fundera på frieri?

En vecka senare. Det var lördag eftermiddag och Karl hade jobbat klart för veckan. Med huvudet på häng gick han in i deras rum på övervåningen i Ivars hus. Anna såg direkt att det var någonting som inte stämde. Karl lyfte upp lille Håkan och kramade om honom.

– Hej Karl! Vad är det? Du ser lite hängig ut? sa Anna.

– Ja, jag har sån himla huvudvärk idag.

– Nämen! Har du haft det hela dagen?

– Ja nästan, sa Karl och satte ner Håkan på golvet.

– Du ser verkligen inte pigg ut. Nu när det är helg och allt.

– Ja, jag vet... Skulle du kunna ta Håkan och kanske ta en promenad så jag kan få lägga mig och vila en stund? Varje ljud gör att huvudet bultar, sa han och tog sig för pannan och stönade lätt.

– Visst, det kan vi göra. Lägg dig du en stund i sängen och blunda så går vi en sväng. Vi kommer och tittar till dig senare, sa

Anna och lyfte upp Håkan i famnen och gick ner för trappan. Men Karl hade inga som helst planer på att lägga sig och vila. Istället borstade han av duken som låg på det lilla köksbordet och ställde dit två tallrikar. Sedan gick han ner till Ivar och hämtade de två vinglas som Ivar hade lovat att han skulle få låna, samt en påse med färska räkor. Sedan gick han snabbt upp igen, tog fram sin ryggsäck och tog fram en flaska vitt vin samt ett stearinljus som han hade köpt nere i stan tidigare på eftermiddagen. Han bytte om, kammade sig och tog på sig en skvätt rakvatten. Ivar hade lovat att passa lille Håkan medan Karl skulle få ett pars timmars ensamtid med Anna, det var uppgjort sedan ett par dagar tillbaka. Allt var färdigt. Räkorna fanns i kylskåpet, vinet var upphällt och ljuset på bordet var tänt. Det var nästan mörkt ute och han hörde att Anna hade kommit tillbaka in i huset. Hon stod nere i Ivars kök. Karl försökte höra på vad de sa i det lyhörda huset. Tydligt kunde han höra Ivars röst, som insisterade på att få låna Håkan en stund medan Anna skulle gå upp och titta till hur Karl mådde. Ännu en gång hade den gamle mannen gjort honom en stor tjänst. Det knakade i trappan och Karl gick fram och öppnade dörren åt Anna. En förvånad tjej steg in i det nedsläckta rummet och framför såg hon en stilig och vattenkammad pojkvän. I bakgrunden fladdrade ett ljus på köksbordet.

– Men? Vad ska det här föreställa? Har du tänt ljus? Nämen titta, du har ju räkor på bordet! Och... är det en flaska vin, Karl? sa hon och stirrade på Karl med stora ögon. Han nickade på huvudet och såg stolt ut.

– Det stämmer. Huvudvärken gick visst över. I kväll har jag ordnat barnvakt åt oss. I kväll ska vi få äta gott och dricka gott alldeles själva, sa han och log.

– Men Karl Martinsson, du är tokig! Vad kostade den där vinflaskan? Hade vi råd med den?

– Åh, bry dig inte om vad den kostade. Jag tycker vi var värda lite vin du och jag, tycker du inte det?

– Jo, verkligen! Åh, Karl! Det här är en av alla de saker som gör att jag älskar dig så mycket, du är full av överraskningar! sa Anna och gav honom en lång kyss.

Inte på väldigt länge hade de haft så trevligt som just denna kväll. Det hade varit fullt upp sista tiden. Karl hade jobbat mycket och Anna hade fullt upp med matlagning och barnpassning och hon försökte även hjälpa Ivar att gå ut med Sally ett par gånger varje dag, då han hade svårt att gå. Detta var verkligen någonting de båda hade behövt länge, att bara få en stund för sig själva och riktigt rå om varandra och sitta ner och bara prata och ha det trevligt och avslappnat. När maten var uppäten och vinflaskan slut en dryg timme senare gick Karl ner och skulle hämta Håkan nere hos Ivar. Men han och lille Håkan var fullt upptagna med att spela patiens och Ivar tyckte att Karl gott kunde gå upp igen utan Håkan.

– Är det inte lika bra att pojken sover här nere hos mig i natt? Han kan få sova på golvet bredvid min säng, jag har en extra madrass åt honom.

– Ja, det går väl bra. Men Håkan, vill du sova hos farbror Ivar i natt då? undrade Karl. Håkan hoppade av glädje.

– Jaaa! Sova hos farbror Ivar! Jag vill, jag vill! ropade han.

– Det verkar som om jag är populär, skrattade Ivar.

– Ja det är ni verkligen. Jamen då så. Då får du stanna här i natt då, så ses vi i morgon. God natt, lille gubben och tack så mycket Ivar för att du hjälper oss!

– Natti, far. Ses i morgon! sa Håkan och kramades.

När Karl kom upp hade Anna dukat undan.

– Håkan sover där nere i natt.

– Nämen! Sa Ivar att det gick bra då?

– Ja, det var inga problem, det var hans eget förslag. Vi är själva resten av kvällen och natten, log Karl.

– Åh, vad mysigt! Klockan är ju knappt sex och det är för tidigt för att gå och lägga oss. Ska vi ta och gå en promenad ute? Det är ju ganska bra väder, sa Anna.

– Det gör vi, bra idé!

De klädde på sig ordentligt med kläder denna kyliga novemberkväll och gick ut och ner mot den långa sandstranden som sträckte sig kilometervis åt båda håll. Vinden hade mojnat och det var stjärnklart ute. De verkade vara ensamma längs hela den långa stranden. Hand i hand gick de längs stranden medan vågornas milda kluckande hördes dovt. Vinet hade gjort dem något fnittriga och Anna var kramig. De gick ut på den långa piren och satte sig längst ut på en träbänk.

– Vad fint det var här. Jag har inte varit ända ut på piren innan, sa Anna.

– Det är jättefint. Och träbänken liknar vår bänk vid Svanparken, tycker du inte det?

– Jo det gör den. Tänk, det var länge sedan vi satt där nu. Minns du när du bjöd mig på julmat där för ett par år sedan? frågade Anna.

– Såklart jag gör! Det var verkligen en annorlunda dejt, men väldigt mysigt. Men uj, vad mycket problem vi hade efter det, sa Karl.

– Usch, ja. Men nu är vi här. Vi lyckades fly bort från alla våra plågoandar som tyckte att de kunde bestämma över oss.

– Ja, ingen ska få bestämma över oss igen, eller hur? sa Karl.

– Hade jag ett glas vin i handen så skulle jag skåla på det, sa Anna och log. Karl blev tyst för ett ögonblick.

– Jag har lite dåligt samvete, Anna.

– Har du det? Varför då? Jag har svårt att släppa vissa saker. Särskilt om kvällarna, då kommer vissa tankar över mig.

– Vad menar du? Vad är det du har dåligt samvete för? undrade Anna.

– För att jag har försakat dig ett välutbildat jobb och jag har försakat dig ett rikt liv i Stockholm. Ett liv som jag aldrig kan ge dig, sa han med blicken sänkt i backen. Anna tog hans händer.

– Du, se på mig! Karl Martinsson, du borde känna mig bättre än så! Du vet ju att jag aldrig har eller någonsin kommer att bry mig om pengar! Att jag föddes i en rik och adlig familj är inget jag har valt själv. Allt jag någonsin har brytt mig om är att hitta kärleken och det har jag gjort nu. Jag är nöjd med mitt liv och vill inte ha det på annat sätt. Försök få in det i din skalle, skojade Anna och kysste honom. Karl funderade en stund.

– Ja, det låter som om du menar vad du säger.

– Det är klart att jag menar vad jag säger. Om jag hade velat ha nån rik snobb–kille så hade du och jag inte suttit här! Det är dig jag älskar och vill dela resten av mitt liv med. Det är bara du, jag och Håkan nu och för all framtid. Det är precis så jag vill ha det, sa Anna.

– Ja, jag vet att det är så du vill ha det. Men jag behövde bara höra de orden ifrån dig en gång till. Nu är jag säkrare än någonsin. I så fall kanske det är läge nu då, muttrade han. Anna såg konfunderad ut och förstod inte vad han menade. Karl reste på sig och ställde sig mitt emot Anna, som fortfarande satt ner. Han tog fram en liten ask ur fickan, fattade Annas hand och gick ner på knä.

– Anna Charlotta Karin Wadenstierna, du är den första jag vill se på morgonen när jag vaknar och den sista jag vill ha på näthinnan innan jag somnar på kvällen. Du är den vackraste flicka jag någonsin har sett och jag kan inte få nog av dig och jag älskar dig av hela mitt hjärta. Vill du göra mig den stora äran gifta dig med mig? undrade Karl och såg på henne djupt i ögonen. Anna spärrade upp ögonen, som genast blev tårfyllda.

– Åh Karl!!! Ja! Ja! Ja! Det är klart att jag vill gifta mig med dig! sa Anna och slängde sig om halsen på Karl och gav honom sedan en lång kyss. Anna grät av lycka. Nog hade hon drömt om att få leva som gift med Karl men hon hade inte vågat hoppas på att han skulle ställa frågan riktigt än. Men det gjorde han och hennes lycka var total och hon önskade att tiden kunde stanna så att de kunde stå såhär i all evighet och bara hålla om varandra i månens och stjärnornas sken, långt här ute på den vackra piren i Falkenberg. Karls ben skakade inte längre av nervositet. Det lätta tryck han hade haft över bröstet av oro hade försvunnit och kvar fanns bara ren och skär lycka. Efter en stund ville Anna prova förlovningsringen. Den passade perfekt.

– Men älskling, hur hade du råd med förlovningsringen? Den måste ju ha varit jättedyr?!

– Ja det var den. De sista slantarna gick åt, tyvärr. Men jag får väl börja om på nytt och spara. Dessutom har jag kollat upp och jag kan få jobba extra pass på jobbet om jag vill. Pengarna ska väl gå till något vettigt istället för att ligga på hög hemma? Och vad kan vara vettigare än att spendera dem på någon man älskar? log Karl.

Länge satt de kvar där ute på piren i den klara höstkvällen. Anna var i eld och lågor. Hon skulle bli en äkta maka. Snart skulle ingen längre kunna titta snett på henne, hon som hade en son men inte var gift. Snart skulle allt bli helt perfekt, de skulle leva ihop som ett äkta par, tillsammans med lille Håkan. Ekonomin skulle visserligen vara knaper ett tag till, tills hon fick möjlighet att gå klart skolan för att senare försöka skaffa sig ett arbete. För ekonomin nu var mer än ansträngd, trots att de bodde billigt hos Ivar. Det var tre personer i hemmet som behövde mat, men de hade bara en lön och en hel del pengar hade gått åt att skaffa säng och nya kläder till Håkan, som växte så det knakade. Förhoppningsvis skulle de få bo kvar hos Ivar ett tag till. Men pengar var verkligen inte allt. För hon hade allt annat utom just pengar men så länge hon hade en man som älskade henne lika mycket som hon älskade honom och så länge Håkan var mätt, belåten och hade kläder på kroppen så gick det verkligen ingen nöd på dem. Hon var nöjd, mer än nöjd och snart skulle hon få titulera sig som "fru Martinsson".

Kapitel 18

I maj 1951 var det dags för bröllop. Karl hade frågat Ivar om han hade något emot om de gifte sig i Årstads kyrka utanför Falkenberg, samma kyrka som Ivar en gång i tiden gifte sig. Ivar blev både rörd och glad över att de ens hade den tanken och han kände sig hedrad över detta. Bröllopet tog hårt på deras redan mycket ansträngda ekonomi. Även om Anna hyrde den billigaste bröllopsklänningen så sved det ändå, men en klänning var hon ju tvungen att ha och vita finskor och Karl var tvungen att hyra en smoking. Dessutom skulle prästen ha en summa för att hålla i ceremonin. Några gäster i kyrkan var det såklart inte tal om, för ingen annan än Ivar kände till deras planer och så skulle det förbli. Innerst inne ville Anna förstås att Karin skulle få sitta där i kyrkbänken och kanske gråta en skvätt, men nu var läget som det var. Kanske hade hon velat se sin dotter gifta sig i en vacker brudklänning, kanske skulle Sigvard ha hindrat henne från att åka om hon hade känt till bröllopet, men om hur det skulle vara med den saken skulle Anna aldrig få veta. Huvudsaken var att hon blev gift. De enda gästerna var Ivar och Håkan. Ivar hade dagen till ära tagit på sig sina svarta finskor och vattenkammat sitt glesa, vita hår. Skäggstubben var borta och han såg nyrakad ut. Kläderna var de samma som vanligt då han helt enkelt inte ägde några andra. Bröllopsmiddagen hade de pratat om. I och med att de inte hade pengar så skulle de laga lite mat nere hos Ivar och äta tillsammans i hans vardagsrum. Håkan skulle sedan få sova nere hos honom så de kunde få spendera sin bröllopsnatt för sig själva.

Ingen kunde se stoltare ut i hela världen än Karl när han såg sin vackra Anna skrida sakta fram till honom längs altaret i den lilla vackert utsmyckade kyrkan. Anna hade själv plockat blommorna, cyklat ända ut till kyrkan och dekorerat dagen innan. Tonerna till Richard Wagners bröllopsmarsch ekade i kyrkan och ceremonin började. Till och med gamle Ivar fick en liten tår i ögat som han var tvungen att torka bort när Anna sa "ja" till Karl framme hos prästen. Håkan och Ivar stod utanför och kastade ris på dem när de gick ut från kyrkan. De fick skjuts av organisten då de inte hade någon bil, men när de kom hem och skulle öppna ytterdörren så hejdade sig Ivar. Han tog fram en nyckel ur fickan och såg på Karl och Anna med klurig min, men de förstod ingenting.

– Nu är det så här kära ungdomar, att om man har gift sig så hör ju seden till att man äter middag någonstans efteråt och sedan brukar man ju spendera bröllopsnatten på något trevligt ställe. Inte ska väl ni behöva äta middag hemma med mig och sedan gå upp till ert rum och spendera bröllopsnatten i våningen ovanför mig, heller! Visserligen hör jag väldigt dåligt nu för tiden, men ändå, flinade han. Anna blev röd i ansiktet och fnissade.

– Nä, nu är det såhär att ni ska åka ner till stadshotellet och där står en treätters bröllopsmiddag framdukat till er när ni kommer fram. Det är dans där på hotellet ikväll och jag har pratat med hotelldirektören och han har lovat att spela en bröllopsvals för er när ni så önskar. När ni sedan tycker att det är dags att dra er tillbaka så gör ni det till rum 127 på hotellet. Allt är betalat och klart. Detta får bli min bröllopspresent till er! flinade Ivar. Karl och Anna var mållösa och de stod bara och gapade.

– Men Ivar! Du skojar nu va? Du menar inte att du har ordnat allt detta för oss?! sa Karl chockat. Men det var inget påhitt och Ivar bara stod och flinade.

– Om ni vänder er om, så ser ni att organisten inte har åkt iväg ännu, hon väntar på er och ska skjutsa ner er till hotellet nu. Seså, ta nu nyckeln här och ha en fantastisk kväll, så ska jag och Håkan spela patiens lite senare! Och oroa er inte för Håkan, om det skulle vara någonting så frågar jag min granne Ulla, hon är van vid småbarn.

Anna blev rörd till tårar och slängde sig om halsen på den gamle gubben.

– Ivar, det finns inga ord för allt du gör för oss! utbrast hon. Karl sträckte ut sin hand och bockade djupt. Han var så tacksam och rörd av den fina gesten att han knappt kunde forma orden "tack så mycket". Det lyckliga paret sprang bort till tomtgränsen där bilen väntade. Inifrån köksfönstret satt Ivar och Håkan och vinkade adjö till dem. De vinkade tills de inte såg bilen något mer och Ivar hoppades innerligt på att deras kväll skulle bli lika magisk som hans och Signes blev en gång för så länge sedan.

När de anlände utanför hotellet hjälpte Karl till så att Annas vita brudklänning inte blev smutsig. Väl inne på hotellet blev de visade till sitt bord. Anna var van sedan barnsben att äta på restaurang och bli uppassad, men Karl hade aldrig tidigare varit med om att få en kypare till bordet som passade upp på dem och kände sig för första gången i sitt liv lite viktig och betydelsefull. Han var så oerhört stolt att just han fick chansen att gifta sig med Anna och han hade ännu i ärlighetens namn aldrig sett någon vackrare flicka. När de hade ätit upp förrätten och skålat ett antal gånger i champagne började det strömma in fler folk i restaurangen. Några personer började packa upp musik-instrumenten uppe på scenen. Hela måltiden gick långsamt, men de hade inte bråttom – tvärtom. Det här var deras kväll ikväll och de njöt av varje sekund. Orkestern började spela så smått och ett och annat par gick upp för att dansa. Plötsligt tjöt det till i mikrofonen och en konferencier började tala. Han hälsade kvällens gäster välkomna och berättade att de just denna kväll hade två stycken speciella gäster. Han gick fram till Karl och Anna och önskade dem stort grattis på bröllopsdagen och alla i restaurangen gav en stor applåd. Karl tyckte det var en aning pinsamt och log lite genant. Konferencieren frågade dem om orkestern fick lov att spela en bröllopsvals och Anna svarade glatt ja. Men Karl fick panik. Han hade ingen aning om hur man dansade vals, men Anna viskade lugnt att han bara skulle försöka följa henne och räkna till tre så skulle det nog gå bra. Efter en trevande inledning kom Karl in i rytmen och förstod hur det fungerade. Valsen tog slut och Karl avslutade med att ge Anna en kyss och alla applåderade. De satte sig till bords igen. Vinglasen fylldes på och det vankades dessert. Det fullkomligt strålade om Anna och Karl såg att hon var nöjd såhär långt med kvällen. Vinet gjorde att Karl öppnade upp sig mer än vanligt och blev pratglad, vilket Anna uppskattade. Orkestern spelade för fullt och stämningen i hela lokalen var på topp. Bandets sångare tog tag i mikrofonen och sa att de skulle spela en alldeles ny låt från Amerika som låg etta på alla listorna där borta. Låten hette visst Only You med gruppen The Platters. Karl passade nu på att ta sin chans.

– Anna, får jag lov?

– Ja gärna!

De ställde sig mitt på dansgolvet, som snart fylldes av folk. Låten sjöngs på engelska och de båda blev tagna av den vackra lugna låten och de dansade tätt, tätt intill varandra. Kvällen började lida mot sitt slut och de beslöt sig för att dra sig tillbaka till sitt rum. Rummet visade sig inte vara vilket rum som helst utan självaste bröllopssviten. Rummet var stort och vackert dekorerat med röda rosor som stod i en vas mitt på bordet. Karl gick fram och läste på en liten lapp som satt i en av rosorna. *"Till bröllopsparet från Ivar."* Ännu en gång blev han rörd av allt som Ivar hade gjort för dem. Anna satte sig på stolen framför spegeln och började plocka bort alla de hårnålar som hon tidigare hade satt i håret. Karl satte sig på sängkanten och iakttog sin nyblivna hustru. Han såg hur hon tog ur den sista hårnålen och började kamma sitt långa vackra hårsvall. Hon upptäckte att han såg på henne i spegeln.

– Hej där borta! Vad tittar du på? fnissade hon glatt.

– Jag tittar på dig. Min fru.

– Det är väl inget att se, sa Anna och log lite generat. Han reste sig sakta och gick fram till henne där hon satt. Han tog borsten ur hennes hand och fortsatte själv att kamma hennes långa hår. Ömt lyfte han hennes hårsvall åt sidan och kysste hennes nacke, såsom han visste att hon gillade. Resten av kvällen gick i kärlekens tecken och den blev minnesvärd för resten av deras liv.

Kapitel 19

Filipstad, ålderdomshemmet Näckrosen den 19 maj 2011. Karl satt i köket och åt sin grötfrukost. Vädret ute var gråmulet. Bredvid sig hade han sin gåstol som han var tvungen att ha med sig vart han än gick nuförtiden. Han hade sovit dåligt. Tankarna hade ännu än gång snurrat runt i huvudet när han skulle sova. Kvällen innan hade han hittat Ivar Rönnlunds dödsannons i skokartongen och gamla minnen för förr dök upp i huvudet. Trots alla år som gått sedan de sågs sist så gjorde det ont i bröstet på honom av saknad.

Tänk om ändå jag kunde få göra så mycket gott mot någon som Ivar gjorde mot mig och Anna! Vi hann aldrig återgälda honom tillräckligt. Utan honom så vet jag inte hur det hade gått för Anna och mig. Undra varför han hjälpte oss med allt egentligen? Antagligen för att han dels var så otroligt godhjärtad av naturen och dels behövde han nog lite sällskap på äldre dagar. Kanske för att han själv aldrig fick några egna barn och jag och Anna var det närmsta han kunde komma. Ibland undrar jag om vi inte kanske trots allt återgäldade honom. Med att bara vara hans vänner de sista åren i hans liv. Jag har alltid önskat att jag skulle bli lika snäll och givmild som gammal gubbe. Jag har försökt att vara lika snäll som han var, men lika givmild och snäll kan jag aldrig kunna bli, för han var unik. Jag har ju inga släktingar eller närstående att ge mina pengar till. Flera hundra tusen på banken, rentav ett par miljoner har jag och ändå har jag och Anna levt ett rikt men framför allt lyckligt liv. Om alla i världen vore lika godhjärtade som Ivar Rönnlund så skulle det inte finnas någon ondska. Men är det försent att ändra på det nu, är det försent att försöka bli som Ivar? Eller finns det fortfarande en chans?

Skokartongen stod kvar på köksbordet sedan igår och Karl bestämde sig för att ta en titt för att se vad han kunde hitta. Han visste i alla fall en sak han inte skulle hitta där och det var en annons på hans och Annas bröllop. De hade så gärna velat ha en annons i Falkenbergs Tidning, men då resonerade de som så att de kände knappt några i Falkenberg som visste vilka de var och dessutom så hade de inte pengar till annonsen. Men det är klart att i efterhand så hade det varit fantastiskt roligt att få se ett foto på honom och Anna på den tiden det begav sig. Det fanns faktiskt inga kort över huvud taget på varken honom eller Anna i bröllopsklädsel. Nu fanns endast hans minnen kvar och de blev svagare för varje år som gick. Men visst mindes han fortfarande hennes bedårande skönhet i den vita, vackra klänningen, visst mindes han fortfarande hennes djupblå ögon som tindrade av lycka och visst mindes han hur otroligt generös Ivar hade varit, som bjudit dem båda på både bröllopsmiddag och övernattning på Falkenbergs Stadshotell. Det måste ha kostat en förmögenhet för honom! Som så många gånger förr, skänkte Karl en tacksamhetstanke till den gamle mannen som betytt så oerhört mycket för dem.

Plötsligt slog det honom en sak. Det fanns en sak han inte hade tänkt på, men som han borde ha gjort för länge sedan. Han skänkte tanken några minuter, sedan bestämde han sig. Men det han tänkte göra fick dröja lite till.

Lite längre ner skokartongen hittade han ett särskilt kassettband som han inte längre trodde fanns kvar. Han hade alltid haft svårt att slänga saker och om det inte hade varit för det, hade han säkert aldrig haft kvar den gamla kassettradion som stod borta på bokhyllan. Den var fullt fungerande och han lyssnade på radio på den varje dag, men själva kassettdelen hade han inte använt på många år. Med stor spänning tog han kassettbandet och la det i rullatorn och gick bort och startade bandet. När han hörde Only You med The Platters kunde han inte hålla tillbaka tårarna. Det var som om han var tillbaka på bröllopsdagen. Han tänkte på orkestern, allt folk i restaurangen på hotellet, på hur otroligt vacker Anna var och hur stolt han var över att få vara hennes äkta man. Han riktade blicken bort mot sängen och svalde kraftigt. Ännu fler tårar kom medan låten spelade och han lyssnade på texten, som han kunde utantill vid det här laget:

Only you can make all this world seem right
Only you can make the darkness bright
Only you and you alone can thrill me like you do
And fill my heart with love for only you

Klockan blev lunchdags och som vanligt så valde han att äta sin lunch på rummet. Det var Anneli som levererade lunchen idag och han blev glad att se att det var just hon, hans favorit-sjuksköterska.

– Hej Karl! Hur står det till idag? undrade hon glatt.

– Hej. Jodå, det är väl som vanligt, antar jag. Det är väl inte bättre än vad man gör det till, suckade han. Anneli fattade direkt att det inte var en av de bästa dagarna. Hon gick fram till honom och tog honom på axeln.

– Jaså är det en sån dag idag?

– Ja, det kan väl hända… Du Anneli? Skulle det finnas någon som helst möjlighet att få hjälp med en sak? undrade han försiktigt.

– Ja om jag bara kan så hjälper jag gärna till, det vet du Karl.

– Jo, jag har ett bankärende och jag vet inte riktigt hur jag ska ta mig ner till stan…

– Jaha… när tänkte du åka dit då? undrade hon.

– Det spelar ingen större roll, men under veckan hade varit bra, väldigt bra.

– Men ska vi ska vi ta det idag då, efter mitt pass? Jag slutar klockan fyra idag, passar det? undrade hon.

– Klockan fyra blir alldeles utmärkt. Ska jag ta min rullator ner till huvudentrén så ses vi där?

– Det blir bra, det! sa Anneli och klappade honom på axeln igen. Hon gav honom sin medicin och fortsatte med resten av sina sysslor i lägenheten och skyndade sig sedan till nästa person på äldreboendet.

Några timmar senare hade Karl gjort sig iordning och tagit sin rullator ner till huvudentrén. Klockan fem i fyra satt han på en bänk och väntade på Anneli, precis som de kommit överens om. Iklädd i skor, ytterrock och keps satt han där redo och tittade på klockan titt som tätt. Femton minuter över fyra kom Anneli småspringandes.

– Hej Karl! Det drog ut på tiden, hoppas du inte har väntat allt för länge? undrade hon oroligt.

– Det är ingen fara, jag förstår om du har det stressigt. Jag uppskattar verkligen att du tar det tid för en gammal gubbstrutt som mig och är så tacksam, ska du veta.

– Ingen fara, Karl! Jag vet att du är tacksam och jag vet att du aldrig skulle be mig om något om det inte var viktigt. Jag har sagt åt min barnvakt att jag blir lite sen idag, så det är ingen fara alls. Ska vi åka då?

Anneli hjälpte Karl in i bilen och la rullatorn i bakluckan på sin lilla bil. De for iväg ner till stan och stannade till utanför Handelsbanken. Hon hjälpte honom att komma ut ur bilen och hon bar fram hans rullator från bakluckan åt honom.

– Tack så hjärtligt, gumman. Du är alldeles för snäll mot en gamling som mig. Jag lovar att skynda mig så mycket jag kan.

– Det är ingen fara, Karl. Ta den tid du behöver, jag sitter här i bilen och väntar.

Inne på banken blev det Karls tur och banktjänstemannen såg skeptiskt på honom.

– Är du verkligen säker på det här? frågade han.

– Absolut. Och nej, jag är inte förvirrad bara för att jag är gammal, sa han och flinade. Han tog sin rullator och lämnade banken och gick ut till Annelis bil. Med viss möda satte han sig i framsätet och satte på sig säkerhetsbältet.

– Gick det bra på banken? undrade hon.

– Jadå, jag fick uträttat det jag ville, sa han kryptiskt.

Anneli skjutsade hem honom igen och skyndade sig sedan hem till sin son. Dagen efter kom Anneli in till Karls lägenhet och serverade honom frukost och gav honom sin medicin. Karl såg att hon såg väldigt glad ut, men hon verkade vara i sin egna värld denna morgon och inte alls lika pratglad som hon brukade vara.

– Hur är det fatt idag, Anneli? Du verkar… lite diströ? undrade han.

– Förlåt Karl, men det har hänt en sak, sa hon och satte sig ner bredvid honom vid köksbordet. Hon började plötsligt gråta.

– Förlåt om jag gråter, men det är lyckotårar! sa hon och torkade tårarna med baksidan av handen.

– Nämen! Det låter ju spännande, sa han nyfiket.

– Det är så konstigt, alltså du kan aldrig fatta vad som har hänt! utbrast hon.

– Berätta gärna om du har tid, sa Karl.

– Jo, i morse gick jag igenom vad jag behövde handla för veckan som kommer, så jag tittade på vad jag hade på kontot och då såg jag att det fanns fem hundra tusen kronor mer än vad jag borde ha! Det verkar som om någon har satt in dessa pengar på mitt konto! Jag är med i Postkodmiljonären, så jag kollade upp om jag hade vunnit, men det hade jag inte. Jag förstår inte detta. Jag ringde banken och frågade om det hade blivit något fel, men de svarade att allt var i sin ordning men att en anonym person hade satt in dessa pengar på mitt konto. Helt otroligt! Och jag som verkligen behövde pengarna nu, mer än någonsin! Nu kan jag äntligen betala av några smålån jag har varit tvungen till att ta för att få vardagen att gå ihop. I ärlighetens namn så har jag sovit så dåligt de senaste veckorna. Jag har bara grubblat på hur ekonomin ska kunna gå ihop sig. Lånen bara hopar sig men jag blir ju tvungen att gå till banken och låna mer så att jag och pojken min ska kunna överleva, sa Anneli och torkade ytterligare några tårar av glädje från kinderna.

– Nämen! Vilken historia! Då får jag gratulera då, sa Karl. Anneli gav honom en spontan glädjekram och ursäktade sig sedan och gav sig iväg till nästa person som skulle ha frukost. Kvar satt Karl i köket och log. Han kände sig nöjd. Mer än nöjd. Nu skulle han avvakta några månader för att se hur saker och ting skulle lösa sig för Anneli. Skulle hon göra något vettigt av pengarna, såsom betala av på huslånet eller skulle hon sätta sprätt på dem och leva lyxliv? För han visste ju vad pengar kunde göra för tossiga saker med folk. Antagligen skulle han snart märka åt vilket håll det skulle barka hän. Men om hon skulle förvalta dem klokt och se till så att pengarna hjälpte till att underlätta för henne och hennes son så fanns planerna att sätta in lika mycket till på hennes konto. För pengar hade Karl gott om nuförtiden, betydligt mer än vad han behövde.

Kapitel 20

Falkenberg, Ängsvägen 10, 1955. Karl drog sakta av sig slipsen med ena handen nere i Ivars kök. Anna satt tyst bredvid.

– Ska jag sätta på lite kaffe? undrade Anna.

– Mm, sa Karl. Hon gjorde iordning kaffe till dem båda och när det var klart hällde hon upp kaffet i två av Ivars koppar och satte sig ner mittemot Karl. Hon sörplade försiktigt på det varma kokkaffet. Håkan hade gått upp på övervåningen.

– Vad händer nu? undrade hon försiktigt.

– Jag vet inte riktigt. Vi borde väl börja städa ur hans saker antar jag. Men jag orkar inte ta tag i det just nu, sa Karl.

– Nä, det behöver vi inte göra. Vi låter det gå några dagar. Det känns så ovärdigt att börja rota i hans saker. Jag antar att vi måste flytta snart, för jag vet inte vad som kommer att hända med huset. Kanske de på banken vet? undrade Anna.

– Ja, de borde veta. Kanske han hade skrivit ett testamente?

– Det är väl inte helt otänkbart, men jag tror inte det. Han hade ju ingen släkt, stackaren, sa Anna.

– På måndag får vi försöka se oss om en annan bostad, sa Karl och tog en mun kaffe. Anna reste sig från stolen.

– Jag går upp och byter om och ser vad Håkan gör.

– Gör så, jag kommer snart.

Karl satt ensam kvar i det gamla slitna köket. Han såg sig omkring. Ingenting var renoverat här på många år. Ivar var inte mycket för modernisering, tänkte han. Han reste sig från stolen och gick sakta in i Ivars vardagsrum, det rum där de allihop hade firat både födelsedagar och jular ihop de senaste sju åren. Många skratt hade klingat mellan väggarna där inne. Men nu var det bara kusligt tyst. Den gamla väggklockan hade stannat och Karl gick fram och tog nyckeln och vred upp klockan så den började ticka igen. För ett ögonblick såg han på klockan. Han hade alltid gillat den gamla klenoden som tickade vackert. Sedan gick han vidare in i Ivars sovrum. Där inne hade han knappt aldrig varit förut. Han satte sig försiktigt i sängen. Det var här han hade hittat honom. Ivar hade legat helt stilla och det såg ut som om han låg och sov. Karl tittade till på Ivars nattduksbord. Där låg en hopvikt lapp. Det stod *"Till Anna och Karl"* på den med knagglig handstil. Karls hjärta började slå snabbt.

Han vek upp lappen och började läsa.

"Bästa Anna och Karl. Om ni läser detta så betyder det att jag inte längre finns kvar i livet. Med lite tur så sitter jag och Signe någonstans där uppe och skrattar, vem vet? Som ni vet så var jag ingen man med stora tillgångar. Allt jag äger är det som finns i huset. Jag testamenterar härmed huset samt allt dess innehåll till er två, ni fina, vackra och förståndiga ungdomar som berikade mina sista år i livet. Tänk att vi allihop kunde ha det så roligt ihop, trots den stora åldersskillnaden! Gör vad ni vill med huset, det är ert. Några kronor kanske det är värt, om ni väljer att sälja det. En sak till, alla de hyrespengar jag har inkasserat av er genom åren har jag sparat och lagt i sockerburken ovanför spisen. Jag behövde aldrig pengarna, bara ert sällskap. Unna er någonting riktigt fint till er och lille Håkan. Tack för allt! Med varma hälsningar, er gamle gubbe Ivar Rönnlund."

En ström av tårar föll ner för Karls kinder när han läste brevet. Han blundade och såg Ivars tandlösa leende framför sig. Alltid lika glad, alltid lika hjälpsam, men nu fanns han inte mer och det gjorde så ont i Karl.

Bara ett par månader senare fick Karl ett brev från Göstas bror Gunnar. I brevet stod det kort att både Gösta och Birgitta var avlidna, båda en kort tid efter varandra. Båda hade dött i cancer. Birgitta hade trotsat Göstas sista vilja att inte låta Karl ärva någonting. Därmed ärvde Karl sitt gamla barndomshus i Filipstad samt tillgångar på närmare hundrafemtio tusen kronor. Det var betydligt mer än vad han någonsin hade räknat med och han misstänkte att större delen av pengarna hade kommit från myglande skatt från Solbackens intäkter. Dessutom hade de alltid varit snåla och inte unnat sig någonting. Att hans föräldrar nu var döda rörde honom inte i ryggen. De hade varit döda för honom i många år och de var ändå inte hans riktiga föräldrar. Men att han fick ärva sitt gamla barndomshem satte en del griller i huvudet på honom. Helt plötsligt var han ägare till två hus och han och Anna behövde bestämma hur de skulle göra med allt. Efter långa resonemang med Anna beslöt de sig för att försöka sälja Ivars hus och flytta upp till Filipstad igen. Tre månader senare gick flyttlasset till Lundagårdsvägen 5. Karl hade fått en tjänst inom Posten men en inre tjänst denna gång. Mycket av det som fanns i Ivars gamla hus hamnade på tippen och det som var deras egna saker fick plats i deras nya bil. en sak som Karl absolut ville ha med sig efter Ivar var den gamla väggklockan. Den hade tydligen varit en bröllopspresent till Ivar och Signe från Ivars föräldrar en gång i tiden. Det stod till och med en liten text på baksidan på klockan, hade Ivar berättat en gång.

Anna hade aldrig sett Karls barndomshem innan och hon var väldigt nyfiken på hur det såg ut, även om han hade beskrivit det så gott han kunde. Efter att ha hämtat husnyckeln hos boupptecknaren åkte de vidare till Lundagårdsvägen. Karl tyckte det kändes konstigt att gå in hit efter alla år som gått. Många möbler och saker var kvar som han mindes det, men han märkte också snabbt att Göstas bror måste ha varit där och snott åt sig de saker han ville ha. Men det gjorde honom ingenting. Anna såg sig omkring och gick sakta in i alla rum. Hon såg att huset var flott och rejält och kände direkt att hon nog skulle kunna trivas där. Hon märkte att Karl var tystlåten av sig. Försiktigt gick hon fram och la huvudet mot hans axel.

– Hur känns det att komma tillbaka hit? Du är så tyst, är allt bra? undrade hon.

– Det känns faktiskt bra. Lite konstigt bara, men ganska bra.

– Du har mycket minnen härifrån förstår jag?

– Ja det är klart. Men inga av dem är bra. Det är mycket hat i de här väggarna, svarade Karl sammanbitet.

– Men tror du att du kommer att kunna glömma allt som har varit dåligt här? Kommer du att kunna trivas om vi flytta hit då?

– Ja, det är jag säker på, men jag vill slänga allting som påminner om mor och far. Jag vill inte ha kvar någonting som påminner om dem. Jag har alltid älskat huset men hatat de som bott här. Nu har vi pengar som gräs, något vi aldrig har haft innan så jag tycker att vi ska köpa nya möbler och börja om helt på ny kula. Dessutom kanske vi får lite pengar när Ivars gamla hus blir sålt. Jag tror nog inte det blir någon större summa i och med att skicket inte är något vidare, men å andra sidan finns det ju inga lån på det.

– Ja det är otroligt vad saker och ting kan ändras. Vi som har levt riktigt knapert uppe på Ivars övervåning i alla år, nu har vi plötsligt både gott om pengar och en stor fin villa att bo i. Och du har fått en fin tjänst på Posten, sa Anna och kramade om honom. Håkan sprang runt i det stora huset och försökte lista ut vilket rum som skulle bli hans. Karl vände sig mot Anna och såg klurig ut.

– Men nu när vi har flyttat ända hit till Filipstad så finns det faktiskt en sak vi borde göra, sa han. Anna tittade undrande på honom och förstod inte vad han menade.

– Vad då? Vad är det vi borde göra?

– Ska vi inte ta en liten utflykt till våra kära ekar borta vid Svanparken? Det är ju inte så långt härifrån.

– Joo! Det är klart att vi ska! Vi måste visa Håkan var hans mor och far blev kära någonstans! sa Anna högljutt och gav till ett litet glädjeskutt.

– När ska vi åka dit då? undrade Karl.

– Kan vi inte åka dit i eftermiddag? Det är ju fint väder ute. Vi skyndar oss att packa upp lite kökssaker så kan jag koka kaffe att ta med i termos, så tar vi lite kakor med oss, sa Anna som var i eld och lågor och som inte haft några som helst tankar på deras gamla smultronställe på väldigt länge. Det blev eftermiddag och de satte sig i deras gamla bil och körde i riktning mot Svanparken som låg en bit utanför stan och inte långt ifrån Solbackens Internatskola. Karl rös till när han såg vägskylten med texten **"Solbackens Internatskola 3 km."** *Undra om det är någon verksamhet där längre? För inte kunde väl mor och far drivit skolan tills de gick bort? Nä, de måste i så fall ha sålt det för flera år sedan. En sak är säker i alla fall, jag kommer aldrig mer sätta min fot där.*

Strax efter skylten svängde de vänster in på den lilla grusvägen som ledde fram till parken. De stannade på parkeringen och klev ur. De såg sig omkring och Anna pekade in mot skogen snett bakom dem.

– Titta där, Karl! Där är vår stig! Här gick vi till och från våra ekar, sa hon exalterat.

– Ja jäklar! Men stigen har nästan vuxit igen nu, sa Karl och såg sig omkring nyfiket. Håkan hittade en pinne som han gick om viftade med och Anna tog ut fikakorgen ur deras bil. Det var en perfekt vårdag i maj. Det hade börjat grönska överallt och gräset runtomkring i området var grönt och frodigt. Maskrosorna lös vackert gula lite här och var. De började sakta gå den lilla bit på hundratalet meter bort mot bänken där de nästan åtta år tidigare hade sin första dejt. Träden blev allt glesare och snart var det bara en grässlätt som sträckte sig ända ner till den vackra lilla dammen.

– Vad fint det var här! ropade Håkan som sprang ner till dammen och viftade med pinnen vattenbrynet.

– Där är den ju! Vår bänk! sa Karl.

– Ja titta! Tänk, där satt vi på vår första dejt. Den står fortfarande kvar. Minns du att du hade med dig smörgåsar och äppeldricka till mig? undrade Anna.

– Klart att jag minns!

De satte sig på deras bänk och dukade upp fikat, precis som förr i tiden. Anna såg ut över den vackra lilla dammen och bort över bryggan som låg en bit bort.

– Snart åtta år sedan, var har alla år tagit vägen? Det kändes ju nästan som igår vi var här, sa hon.

– Ja, det känns inte så länge sedan, men mycket har hänt sedan vi var här sist, sa Karl och tittade bort mot Håkan som stod borta vid strandkanten.

– Du vill inte gå svängen upp till Solbacken då? undrade Karl och flinade.

– Aldrig i livet! utbrast Anna.

Efter att de fikat klart tog de en långsam promenad i parken innan de åkte hem igen och de bestämde på en gång att de snart skulle återkomma till deras favoritställe.

Kapitel 21

Anna läste in det sista året i skolan som hon för några år sedan missade. Hon fick senare jobb som sekreterare på Filipstads kommun och aldrig någonsin kom hon att dra nytta av sitt gamla efternamn, Wadenstierna. Karl fortsatte på sitt arbete på Posten och trivdes bra. Det fungerade bra att bo i hans barndoms hus. Minnena från den jobbiga barndomen för-trängdes och ersattes med nya fina minnen tillsammans med sin egen familj.

Nu när båda Karls föräldrar var döda började han fundera en hel del kring detta. Vilka var egentligen hans riktiga föräldrar? Hade han några syskon? Var de verkligen såsom Gösta hade beskrivit dem, suputer som inte klarade av att ta hand om honom när han var nyfödd? Karl fick en stor chock när han började försöka ta reda på vem hans riktiga föräldrar var. Det visade sig att hans riktiga föräldrar inte alls var varken fattiga eller hade haft problem med alkohol. De hade varit helt vanliga föräldrar med fasta arbeten bosatta i Emmaboda i Småland, men en dag när de var ute på stan och gick med honom i vagnen, blev de påkörda av en bil. De dog omedelbart medan han, som låg i vagnen hade på ett mirakulöst sett överlevt. Karl var deras första och enda barn och därmed hade han inte några syskon. Gösta hade i alla år ljugit för honom! Gösta hade vetat mycket väl vad som hade hänt hans riktiga föräldrar men hela tiden hävdat att de var förlorare och suputer för att trycka ner Karl och försöka hålla honom på plats. Allt detta tog hårt på Karl och det tog lång tid för honom att smälta all information. Han som alltid hade trott att han kom från en familj som var andra klassens medborgare.

Pack. Patrask! Men hans blod var inte sämre än Göstas och han kände sig fruktansvärt lurad och sviken av honom. Håkan fick det jobbigt i den nya skolan och blev mobbad. Däremot var han ovanligt begåvad och fixade skolan med bravur. Han trivdes bäst med att vara hemma och flyttade inte hemifrån förrän han var tjugofem år. Han levde ett stillsamt liv som singel och hade lite svårt att hitta någon, vilket oroade Karl och Anna. Hans stora intresse för teknik ledde till jobbet som elektronikingenjör på ett stort företag i Stockholm. Han arbetade långa dagar och ofta blev det sena kvällar. Någon plats för kvinnor fanns det inte för Håkan. Inte förrän Anna försiktigt började fråga honom om det inte var dags att träffa någon snart och om han inte kände sig ensam. Det gick upp för honom till slut att jobbet kanske hade tagit överhanden i hans liv. Med viss tveksamhet sökte han sig ut i Stockholms nattliv men den sociala biten var det svåraste för honom. Varken utseende eller socialt beteende var Håkans starka sida och kärleken uteblev.

Anna och Karl levde gott i Filipstad. De hade inga skulder på huset och de hade ganska gott om pengar på banken efter arvet. Anna hade försökt återuppta kontakten med sin mamma Karin, vilket hade gått bra. Sigvard ville fortfarande inte ha någonting med henne att göra då han ansåg att hon hade svikit hans adliga släkt för all framtid. Det hände till och med att Karin var på besök hos dem hemma i Filipstad. Det hade varit stelt och konstigt mellan dem alla tre den första gången, men allt hade gått bra. Karin tyckte till och med att de hade fått det fint och hon verkade verkligen mena det när hon sa att hon tyckte det var roligt att de båda fått bra jobb.

Det hände några gånger att de åkte tillbaka till Falkenberg och tände ett ljus på Ivars grav. Anna åldrades sakta och med värdighet. Även om hon hade fyllt femtio år så hände det att män vände sig diskret om efter henne när hon gick på stan. Karl var fortfarande lika tagen av hennes klarblå, vackra ögon. Efter att ha semestrat ett par somrar längs den spanska solkusten i början av 70-talet beslutade Karl och Anna att de skulle köpa en liten lägenhet i Marbella 1976. De trivdes i det soliga och varma vädret och de märkte att deras alltmer stela leder mådde bra av värmen. Den låg nära stranden och hade till och med egen pool. Lägenheten var i behov av lättare renovering som Karl utan problem fixade själv lite då och då under ett par års tid. När de inte var i Marbella hyrde de ut lägenheten och fick på så vis en del pengar på detta.

Karin gick bort 1986. När Anna skulle åka till Gävle på begravningen var det knappt att Sigvard släppte in henne. Han vägrade hälsa på henne och de sa inte ett ord till varandra under hela begravningen. Hon hade sneglat åt Sigvards håll i kyrkan och sett att han hade åldrats mycket. Hon förstod att det inte var långt kvar med honom och hon undrade om hon skulle få ärva någonting över huvud taget. Men Anna tog inte särskilt illa vid sig att han ignorerade henne då hon hade räknat med ett sådant bemötande. Det viktigaste var att hon fick ta avsked av sin mor.

Efter långt övervägande valde Karl och Anna att förtids-pensionera sig 1992. Anna hade fått veta att även hennes far nu var död och alla kvarvarande pengar gick till henne och hon kunde numera titulera sig som miljonär. Hon hade inte trott att hon skulle få ärva någonting efter sin far, men hon hade fel. De sålde villan i Filipstad och flyttade permanent ner till deras lägenhet i Spanien. Det dröjde inte länge innan de fann andra svenskar i området och de fick många fina vänner som de umgicks med. Det hände att de gjorde rundresor tillsammans med sina vänner men oftast tog de bara det lugnt hemma i sin lägenhet. Nästan varje dag åt de på någon av de trevliga restaurangerna i närheten och bara njöt av livet som pensionärer. Det hände att Håkan tog flyget och kom och hälsade på dem ibland. Anna hade för länge sedan gett upp hoppet om barnbarn och önskade bara att hennes älskade son skulle åtminstone hitta någon tjej att få dela livet med. En helt förändrad Håkan hälsade på dem nere i Marbella på sommaren 1994. Den annars så dämpade och tillbakadragne Håkan var nu glad och pigg. Han hade äntligen träffat en tjej! Anna såg att han var upp över öronen kär och de hade tydligen träffats i ett par månader. En liten strimma av hopp om att få barnbarn tändes, trots att han nu var fyrtiosex år. Karl var positiv till att han träffat någon men skeptisk till att det någonsin skulle bli några barnbarn, men han sa inget till Anna om det. Håkan talade så väl om tjejen han träffat och att kanske så skulle han ta med sig henne till Marbella nästa gång. I september skrev Håkan ett långt brev till Anna där han berättade att det fortfarande höll i sig med sin tjej Gunilla. Han skrev att hon mer eller mindre bodde hos honom nu och att de hade bokat en kryssning på en färja i september. Färjan hette Estonia och de skulle åka den 27 september över till Tallinn.

När de fruktansvärda nyheterna nådde dem om att Estonia hade förlist den stormiga natten den 28 september, vändes hela Karls och Annas värld uppochner. De levde mellan hopp och förtvivlan i ett par dagar men fick tillslut beskedet att Håkan och Gunilla var två av de 852 personer som omkom när färjan förliste på öppet hav på väg från Tallinn till Stockholm. Ingenting blev längre sig likt efter deras sons bortgång. Livslusten försvann för de båda och två år senare sålde de lägenheten i Marbella och flyttade tillbaka till en fyrarums-lägenhet i Filipstad. Redan innan de flyttade hade Karl börjat märka att Anna hade svårt för att hitta orden ibland. Först tänkte han inte så mycket på det och trodde att det kanske berodde på stress. Men hon blev alltmer glömsk och han märkte att hon till och med fick fundera på vad deras son hette när de ibland satt och mindes tillbaka på Håkan. Det var tufft för dem att flytta från Spanien och tillbaka till Sverige, med allt vad en flytt innebar, men de hittade en fin och modern marklägenhet med en liten grästäppa på baksidan i ett lugnt område i Filipstad. De båda började närma sig sjuttioårsåldern och tempot var inte längre så högt. De höll sig helst hemma. Karl höll sig sysselsatt med trädgårdsarbete och tyckte om att sköta om deras lilla baksida. Det hände fortfarande att de tog sig en bilsväng och besökte Svanparken, men Anna verkade bli alltmer likgiltig, inte bara för alla minnen de hade där utan även likgiltig när det gällde det mesta. Karl tog illa vid sig av detta och han förstod mycket väl vart detta så småningom skulle leda till.

Sista kapitlet

Filipstad, ålderdomshemmet Näckrosen den 19 maj 2011. Klockan var nio på kvällen och de gråa molnen hade skingrat sig. Kvällssolens strålar lös in på Karls balkong. Idag hade det varit en bra dag. Han hade äntligen gjort en riktigt god gärning, han hade hjälpt en annan människa ur en svår knipa, när han hade satt in en stor summa pengar på den trevliga sjuk-sköterskan Annelis bankkonto. Hon skulle förmodligen aldrig lista ut var pengarna kom ifrån och inte tänkte han berätta det heller. Det var ointressant, huvudsaken var att hon blev hjälpt ur sin svåra ekonomiska kris. Kanske hade han till och med förändrat hennes liv för alltid? Han hoppades innerligt på det.

Det var dags att skriva några rader i dagboken innan han tog kväll.

"Denna dag har varit en bra dag. Mitt liv har inte alltid varit så enkelt, det ska du veta kära dagbok. De första åren var tuffa mot mig, men allt vände då jag först träffade Anna och sedan blev det ännu bättre när vi två träffade Ivar Rönnlund. Vi var så fattiga i början att vi knappt hade råd med mat, men lyckliga var vi. Sedan blev vi hastigt och lustigt ganska välbärgade när jag ärvde mor och far. När Annas far dog fick vi mer pengar än vad vi någonsin skulle kunna göra av med. Nu är jag åttiosex år och har en hel hög med pengar på banken, men till vilken nytta? Jag och Anna har verkligen inte levt sparsamt men heller inte slösaktigt. Det känns så skönt att få ge bort lite. Jag tror att bilden av den duktiga sjuksköterskan Annelis lyckliga ansiktsuttryck blir det sista jag tänker på innan jag somnar ikväll. Det skulle kännas bra i så fall. Hon är inte bara trevlig och rar mot mig, hon tar så väl hand om min Anna också. Det är det viktigaste för mig. Ibland tar det emot att se henne ligga där borta i sängen bredvid mig och bara stirra i taket. Jag undrar så vad som försiggår i hennes huvud. Det hela måste ha börjat när hon var strax över sextio. Jag märkte att hon upprepade saker ofta. Tappade orden ibland. Men det var inte förrän hon hade svårt att komma ihåg mitt namn några år senare som jag började bli orolig. Själv har jag hyfsat bra minne än så länge. Jag är inte säker men jag tror det kan bero på att jag alltid har ätit fiskleverolja som far tvingade i mig. Fiskleverolja och ett äpple om dagen. Jag tror han tvingade i mig det för att han ville plåga mig med den hemska smaken, inte för att han ville mig väl. Jag kan ha fel, men jag tror bestämt att han flinade åt mig ibland när jag grimaserade efter att jag svalt den äckliga sörjan. Men det visade sig nog vara det enda vettiga han gjort mot mig. Mor sa att det höll doktorn borta. Jag vet egentligen inte varför, men jag fortsatte med att ta både fiskleverolja och ett äpple om dagen även i vuxen ålder, även om jag inte tyckte om det. Jag fick väl det inpräntat i huvudet att det var bra för mig, både för hjärta och hjärna. Kanske det stämmer? Anna trodde aldrig på sådant där. Hon tyckte jag var larvig som höll på med det där, men jag envisades med att ta en tesked olja och ett äpple varje morgon. Jag är åttiosex år nu och inte vet jag om det beror på oljan och alla äpplen men huvudet hänger fortfarande med riktigt bra. Eller så har jag helt enkelt bara haft tur, men vad vet väl jag..."

Karl la ifrån sig pennan på köksbordet och vände sig om mot dubbelsängen. Där låg hon, hans älskade Anna. Helt frånvarande stirrandes upp i taket. Han hade vid det här laget sagt god morgon och god natt så många gånger till henne utan att få svar, att han för länge sedan hade tappat räkningen. Men han skulle aldrig ge upp, han skulle aldrig sluta hoppas att hon en endaste gång till skulle se honom i ögonen och säga hans namn.

Jag skulle så gärna vilja ta med henne till ekarna vid Svanparken igen. Kanske hon skulle känna igen sig, kanske hon får tillbaka så pass mycket minnen att hon skulle kunna känna igen vem jag är. Om hon bara en endaste gång kunde se mig i ögonen och ge mig en igenkännande blick, då skulle jag kunna dö lycklig. Men jag vet att det inte går. Hon är alldeles för svag för att följa med dit och det kanske jag är med. Så många gånger som jag har försökt prata om de gamla ekarna och den vackra dammen i Svanparken för henne utan någon reaktion. Det gör så ont i mig att hon inte minns vårt smultronställe där vi delar så många fina minnen tillsammans. Fast rättare sagt så delar vi inte minnena tillsammans längre, snarare är det bara jag som har de kvar, tyvärr.

Karl tog en djup suck och fattade tag i pennan igen. Några rader till skulle han orka skriva innan det fick vara bra för ikväll.

"Vilken kväll det är ikväll, så varmt och skönt. Balkongdörren står fortfarande på glänt och jag känner det härligt svala vindarna som sveper in över golvet. De varma solstrålarna skiner nog ännu en liten stund borta över ekarna vid Svanparken ikväll, men utan Anna och utan mig. Jag själv orkar inte ta mig dit längre men det gör inget. Jag har fortfarande minnena därifrån kvar och det är det som räknas. Min egna hälsa blir allt sämre och jag vet inte hur länge jag kommer att finnas kvar här på Jorden. Kanske går jag bort före min kära Anna, trots att hon är i sämre skick än mig? Jag tror inte det dröjer så särskilt länge nu förrän jag inte finns längre. Vad händer då? Finns det något mer efter detta? Väntar Gud Fader på mig då? Om Anna går bort först, väntar hon på mig där då? Får jag träffa min son igen? Jag har så många frågor, men så få svar.

Om Himlen nu finns, kan det finnas ett lika vackert ställe där uppe som vid våra ekar vid Svanparken? Det gör det nog..."

Karl la ifrån sig pennan för ikväll, reste sig från köksbordet och gick med stapplande steg med hjälp av rullatorn bort mot Ivars gamla väggklocka. Han drog upp den och la tillbaka nyckeln på samma gamla vanliga plats. Det svaga tickande ljudet från den kunde han inte längre höra, men han visste att den fungerade. Därefter gick han bort till sängen, tog av sig skjortan och byxorna och hängde dem på stolen. Han satte sig på sängkanten och såg bort mot rumsfönstret. Det hade varit en vacker dag, solens sista kvällsstrålar hade försvunnit ner bakom bergen utanför. Han kröp med viss möda ner i sängen bredvid Anna, böjde sig över henne och kysste henne ömt på kinden och önskade henne god natt, precis som han brukade göra varje kväll och gjort så ända sedan de träffades för första gången, 1947. Ibland brukade hon reagera, ibland inte. Denna kväll verkade hon vara i sin egen gåtfulla värld och hon reagerade inte alls. Karl suckade och släckte sänglampan. Ännu en dag var till ända. En lugn och stilla dag hade det varit. Karl funderade en stund i mörkret.

Ingen reaktion ikväll heller. Men jag försöker i morgon igen. Och dagen efter det. Jag tänker aldrig ge upp om att få en endaste liten reaktion från Anna igen. Ivars godhet kommer jag aldrig komma upp i, men ett litet steg i rätt riktning tog jag ändå idag. Jag är nöjd med hur dagen artade sig. Tänk vilken vacker dag det har varit idag. Vilken kväll! Vad skönt det var att dricka kaffe ute på balkongen förut. Helt vindstilla var det med. Så pass att jag tyckte att jag hörde näktergalen sjunga. Jag undrar hur det vore att sitta på bänken borta i Svanparken en sådan här kväll. Säkerligen lika ljuvligt som det var förr i tiden, när Anna och jag satt där. Det är nog mörkt där borta i Svanparken nu, men det gör ingenting. Jag kan fortfarande se allting framför mig. Särskilt hur det såg ut på tiden då det begav sig för så många år sedan. Jag kan se de vackra ekarna, alla vackra blommor som växer längs dammen. Humlor som surrar och fåglar som kvittrar glatt. Jag kan se framför mig hur ett svanpar sakta rör sig bort mot bryggan och jag kan se framför mig hur Anna sitter på vår bänk med sitt långa blonda hår och sina klarblå vackra ögon och ler mot mig. Kan man föreställa sig någonting vackrare än allt detta? Jag tror inte det…

Karl fattade Annas lilla hand och kramade den lätt. Den var lika mjuk som den alltid varit, bara något mer rynkig numera. I sextiofyra år hade han fått äran att hålla i hennes vackra hand och han tänkte fortsätta med det så länge han levde. Han reste sig upp på armbågarna och såg på henne en stund. Anna drog långa, djupa andetag. Karl såg att hon sov nu. Varsamt lyfte han upp hennes hand och kysste den ömt. Lika varsamt la han ner hennes hand på täcket igen, sedan somnade han med ett leende.